Texte und Materialien zum Literaturunterricht

Herausgegeben von Hubert Ivo, Valentin Merkelbach und Hans Thiel

Science-fiction

Materialien und Hinweise

Für die Schule zusammengestellt
von Friedrich Leiner und Jürgen Gutsch

Verlag Moritz Diesterweg

Frankfurt am Main · Berlin · München

ISBN 3-425-06205-0

2., durchgesehene Auflage 1973

© 1972 Verlag Moritz Diesterweg, Frankfurt am Main.
Alle Rechte vorbehalten. Die Vervielfältigung auch einzelner Teile, Texte oder Bilder – mit Ausnahme der in §§ 53, 54 UrhG ausdrücklich genannten Sonderfälle – gestattet das Urheberrecht nur, wenn sie mit dem Verlag vorher vereinbart wurde.

Umschlagentwurf: Hetty Krist-Schulz, Frankfurt/M.
Satz und Druck: Georg Appl, Wemding
Bindearbeiten: Münchner Industriebuchbinderei

Inhalt

I. Zur Geschichte der Science-fiction 1
  1. Begriff und Eigenart der Science-fiction.............. 1
  2. Die Anfänge der Science-fiction 6
  3. Die kommerzielle Science-fiction 8
  4. Die klassische Science-fiction 10
  5. Außenseiter der klassischen Science-fiction 17
  6. Die moderne Science-fiction 19

II. Erscheinungsformen und Marktgeschehen 24
  1. SF-Magazine 24
  2. Romanhefte 27
  3. Comics 31
  4. Taschenbuch und Paperback 32
  5. Funk, Film, Fernsehen, Bühne 35

III. Äußerungen über die Science-fiction 46
  1. Die SF im Verständnis der SF-Verlage 46
  2. Versuche einer Begriffsbestimmung 47
  3. Poetologische Ansätze 48
  4. Theoretische Ordnungsversuche 49
  5. Kontroversen – Ideologiekritik 53
  6. Forderungen 56

IV. Die Autoren unserer Sammlung und ihre Texte 59
  1. Anfänge einer Literaturgattung 59
  2. Bewältigungsversuche 60
  3. Menschenmaschinen und Maschinenmenschen 62
  4. Phantastische Reisen 65
  5. Spekulative Denkmodelle 67
  6. Ultima Ratio 68

V. Sachverzeichnis 71

VI. Bibliographie 73
  1. Texte 75
  2. Sekundär-Literatur 87

I. Zur Geschichte der Science-fiction

1. Begriff und Eigenart der Science-fiction

Der Begriff „Science-fiction"-Literatur (hier abgekürzt: SF) wurde im Jahr 1929 von dem deutsch-amerikanischen Schriftsteller *Hugo Gernsback* in den angelsächsischen Sprachgebrauch eingeführt, jedoch leider nicht näher erläutert. So schnell sich der Begriff durchsetzte, so schwierig ist es auch heute noch, ihn schlüssig und vollständig zu definieren. Zur ohnehin nicht leichten Aufgabe, eine angeblich neu entstandene Literatur zu beschreiben, kommen dabei drei zusätzliche Probleme. Erstens: Es besteht bis heute keine Klarheit darüber, ob der Begriff SF nur anwendbar sein soll auf eine unter diesem Namen produzierte Literatur oder ob er nicht auch Literaturen und Literaturformen beschreiben müßte, die davor und daneben existieren. Träfe nämlich letzteres zu, wäre nicht eine neue Gattung zu beschreiben, sondern eine nun erst deutlich erkannte, aber doch immer schon vorhandene Möglichkeit der Literatur. Zweitens: Die seit *Gernsback* so genannten „SF-Autoren" selbst – was immer sie verbinden mag – erklären ihren Gegenstand keineswegs einheitlich. Die SF erscheint deshalb nicht, wie dies häufig angenommen wird, als die Literatur einer abgegrenzten Autorengruppe, die gerade diese Literatur nach anerkannten Gesichtspunkten hervorbrächte. Vielmehr zeigt jeder Autor ein jeweils ganz privates Verständnis der Merkmale *seiner* Literatur. Wir begegnen zahlreichen persönlichen Definitionen, von denen sich viele noch dazu widersprechen. (Vgl. die Zitat-Sammlung, S. 46 ff.) Drittens: SF wird in aller Regel gesehen als Teil der sog. Trivialliteratur und ist daher befrachtet mit der Problematik dieses sowohl ästhetisch als auch literatursoziologisch äußerst schwierigen Begriffes.

Die Literaturwissenschaft hat diese Probleme angepackt und ist dabei (vor allem in jüngerer Zeit) auch zu brauchbaren Resultaten gelangt. Allerdings gibt es eine Reihe von durchaus scharfsinnigen und umfangreichen Untersuchungen, deren jeweilige Fragestellung nicht immer die SF selbst und ihre literarischen Strukturen betrafen. So wurden z.B. verschiedene Ansätze der Trivialliteraturforschung nur *am Beispiel* SF erprobt *(Diederichs*[1] im Rahmen der konventionellen Überlegungen, *Pehlke/Lingfeld*,

---

[1] Alle genannten Autoren finden sich in der Bibliographie am Schluß des vorliegenden Bändchens.

Scheck und *Hahn* mittels der ideologiekritischen Methode). Andere Autoren beschrieben mit geistesgeschichtlichem Ansatz die SF als Sonderform des Staatsromans und der Utopie (der Soziologe *Schwonke* in seiner für die deutsche SF-Forschung grundlegenden Schrift; als Ergänzung und Weiterführung *Krysmanski*). Gelegentlich wurden auch nur die thematischen Einfälle selbst typologisch-enzyklopädisch verzeichnet *(Graaf, Plank* u. a.). Eine weitere Gruppe von Äußerungen zur SF hatte einen allgemein kulturkritischen oder feuilletonistischen Ansatzpunkt *(Amis, Butor, Bacht, Günther, Jungk* u. v. a.). Beliebt waren schließlich auch Analysen von Teilaspekten („Technik" bei *Franke*, „Rauschmittel" bei *vom Scheidt*, „Erotik und Sexualität" bei *Lem*, „Religion" bei *Schwanecke* usw.). Auch die fachdidaktischen Möglichkeiten, die die SF dem Literaturunterricht anbietet, wurden gelegentlich besonders behandelt *(Dietz, Leiner* und Verf.). Alle diese Gesichtspunkte verdienen zweifellos Interesse. Doch wurde die SF selbst eigentlich erst mit der Veröffentlichung einer Aufsatzsammlung, 1972 herausgegeben von *Eike Barmeyer*, zum ernstgenommenen Gegenstand der Untersuchung. Indem der Herausgeber dort die verschiedensten Standpunkte zur SF zusammentrug, machte er sinnfällig, daß es zwar in der Tat notwendig ist, sie von verschiedensten Seiten her zu beleuchten; gleichzeitig aber wurde klar, daß es nicht ausreichen kann, sie nur zur Erläuterung von Arbeitsmethoden der Literaturwissenschaft, historischen Sachverhalten oder Zivilisationsproblemen zu gebrauchen, wenn man ihr auch selbst gerecht werden will. In *Barmeyers* Sammlung vor allem erwähnenswert ist deshalb *Darko Suvins* Aufsatz „Zur Poetik des literarischen Genres Science Fiction", worin erstmals über allzu vordergründige Beobachtungen hinaus poetologische Überlegungen angestellt werden, die mehr sind als nur einige Vorschläge. Ähnliche Ziele verfolgt auch die Arbeit *Jörg Hiengers* zur SF, „Literarische Zukunftsphantastik", aus dem Jahr 1972 (wie *Schwonkes* Untersuchung eine Habilitationsschrift). Nicht nur untersucht *Hienger* die schon früher behandelten und von *Barmeyer* gesammelten Detailprobleme nochmals gründlicher und systematischer, er trägt auch ein ausführliches und durchdachtes Konzept vor, wonach die literarischen Möglichkeiten und Strukturen der SF zu beurteilen seien. Neben *Schwonkes* geistesgeschichtlichem Ansatz beschreibt der Teil „Spielregeln" aus *Hiengers* Buch die derzeit mögliche literaturtheoretische Einordnung der SF.

Wer sich der zu Beginn angedeuteten Problematik bewußt ist und die soeben kurz skizzierte Sekundärliteratur – sie ist ebenso geistreich wie widerspruchsvoll – einigermaßen überblickt, wird vorsichtig sein mit Definitionen, die sich in drei Zeilen bewältigen lassen. Immerhin ergeben sich doch zwei wichtige Gesichtspunkte beim Versuch einer Begriffsbestimmung. Einmal läßt sich, wie *Schwonke* ausführlich dargestellt hat, ein Teil der Merkmale der SF aus der Tradition der Utopie herleiten. Verstehen wir die Utopie grob als den von bestimmten historischen Verhältnissen her erdachten Idealzustand menschlichen Zusammenlebens, so erkennen wir darin die eben utopische Vorstellung, es könne ein Gemeinwesen erfunden werden, das sich der mit Mängeln behafteten Wirklichkeit als umfassendes Verbesserungsmodell anbiete. Diese Vorstellung, die man mit *Schwonke* den „utopischen Wunsch" nach Veränderung, Verbesserung und Erneuerung nennen kann, zielt dabei weniger auf tatsächliche Veränderung als vielmehr auf die prinzipielle Denkmöglichkeit, der Wunsch *könne* doch einmal Wirklichkeit werden. Utopien sind so in der Regel keine praktischen, sondern theoretische Modelle. Aus diesem Grund findet sich in ihnen oft ein ganz ungewöhnlicher Ideenreichtum, der vom „Traum vom besten Staat" *(Swoboda)* oder dem „Makrototalmodell" (so der futurologische Terminus) bis hin zum einfachen Alltagsdetail reicht. Eben diese von der utopischen Literatur entwickelte Möglichkeit zur theoretischen Spekulation hat die SF vollständig übernommen. Der in der Utopie als „Spekulation" theoretischer Art auftretende utopische Wunsch wird in der SF allerdings stärker konkretisiert, vom Allgemeinen ins Besondere geführt. Man sollte deshalb in der SF statt von „Spekulation" besser von „Innovationsdenken", d. h. vom „Erfinden" im weitesten Sinn sprechen. Verglichen mit den Spekulationen der Utopie haben die Innovationen der SF zwar häufig geringeres gedankliches Gewicht, aber dieselbe grundlegende strukturelle Bedeutung. *Schwonke* unterschied deshalb zwischen der traditionellen politisch-sozialen Utopie und der „Science-fiction" genannten naturwissenschaftlich-technischen Utopie, – womit er allerdings die inhaltlichen Unterschiede stark vereinfachte und die literarischen Strukturen völlig außer acht ließ.

Man kann, den Gemeinsamkeiten zum Trotz, die beiden „Gattungen", falls versuchsweise von solchen gesprochen werden darf, keinesfalls identifizieren. Der Grund hierfür besteht darin, daß sich die Utopie, gleichgültig, welche äußere Form sie erhalten hat, stets als philosophisch-theoretische, d.h. nicht-fiktionale Literatur darstellt, die SF dagegen stets fiktional, „wirklichkeitskonstituierend" ist. Selbstverständlich gibt es Annäherungen im Grenzbereich (s. u. bei Nr. 5), doch ist der jeweilige Ausgangspunkt für beide Gattungen in der genannten Weise verschieden.[2] Mit dem Blick

---

[2] Vereinfacht dargestellt, ließe sich der Stilgestus der Utopie so verdeutlichen: „Hört, zu welchen Spekulationen über eine denkbare bessere Welt mich mein Nach-

auf die Forschungsliteratur zur SF wird man nicht sagen können, daß diesem ebenso einfachen wie wesentlichen Unterschied zwischen Utopie und SF immer die gebührende Aufmerksamkeit zuteil wurde. Dies liegt daran, daß die SF zunächst einmal mit ihren Themen und Ideen gefangen nimmt und damit von ihrem Dichtungscharakter ablenkt. Jede fundierte Interpretation eines SF-Textes wird jedoch erweisen, daß die Beschränkung auf bloße Inhalte zu Mißverständnissen dieser Literatur führt.

Der zweite Gesichtspunkt, der zur Erklärung der SF beitragen kann, ist der Hinweis auf einen ganz bestimmten Typus der erzählenden Literatur der angelsächsischen Nach-Romantik. Was die Utopie zur genaueren Erklärung der SF nicht beitragen konnte, wird von hierher zu ergänzen sein. Vor allem an Hand der erzählenden Dichtungen des Amerikaners *Edgar Allan Poe* läßt sich das beispielhaft erläutern. In der Geschichte „The Pit and the Pendulum" etwa schafft *Poe* eine in sich geschlossene alptraumhafte Mikrowelt, in der das Geschehen bestimmt wird durch technische Vorgänge, den dadurch verursachten Denkprozeß des Ich-Erzählers sowie dessen wieder daraus abgeleitete Handlungsweise. Erzählungen dieser Art beschränken sich bewußt auf wenige handelnde Personen und auf ein Minimum ablenkender Ereignisse. Statt dessen wird eine jeweils genau definierte Dingwelt in der Erzählung zum ebenbürtigen Partner des menschlichen Helden. Die sich aus solcher Partnerschaft ergebenden Komplikationen und Problemlösungen werden zum Gegenstand der Erzählung. Geschichten dieser Art stellen sich dar als selbstgesetzliche axiomatische Systeme, als „autarke Enklaven" innerhalb der übrigen Welt. In einer anderen Geschichte, „The Facts in the Case of M. Valdemar" geht es um ein geheimnisvolles wissenschaftliches Problem, das gründlich erläutert wird und durch seine Präsentation ganz bestimmte psychische Vorgänge bei den beteiligten Personen steuert. In *Poes* erzählerischem Hauptwerk „Narrative of A. Gordon Pym" (1838) wird der Seefahrer-Roman weiterentwickelt zu einer Abfolge mit stets steigender, präzis geschilderter Einzelereignisse und ihrer Beziehung zur Entwicklung des Helden. Alle diese Einzelereignisse sind folgerichtig hingeordnet auf einen imaginären Punkt, in dem sie konvergieren. Es ist bezeichnend, daß *Poe* diesen Punkt wortwörtlich „weiß" läßt, d. h. gar nicht ausführt, seinen Roman als Torso anlegt. So entsteht eben jene Leerstelle im Erzählgefüge, die später zur spezifischen Erzähl-Pointe der SF werden sollte. (Die SF-Autoren *Verne* und

denken geführt hat!" Der Stilgestus der SF wäre dagegen: „Herr X erlebte in einer ganz eigenartigen Welt die konkreten Auswirkungen ungewöhnlichster Innovationen."

Lovecraft haben sogar den Pym-Roman selbst mit solchen Pointen versehen.) Die *Poe*sche Erzählweise wird deshalb für die SF grundsätzlich wichtig, weil hier programmatisch deutlich wird, daß der Gegenstand einer fiktionalen Dichtung nicht mehr nur der Mensch in seiner Abhängigkeit von gesellschaftlichen und metaphysischen Systemen zu sein braucht, sondern nun auch der Mensch in seiner Abhängigkeit von technisch-wissenschaftlichen oder rein gegenständlichen Systemen. Seine Verwicklung in der teilweise von ihm selbst geschaffenen Welt aus Dingen, wissenschaftlichen Fragestellungen und diesseitigen Problemlösungen (mag sie der Autor nun gelingen oder mißlingen lassen) ist jedoch nicht nur eine thematische Veränderung der erzählenden Literatur, sondern verursacht auch einen Strukturwandel. Dieser Strukturwandel, auf den hier nicht näher eingegangen werden kann, ermöglicht die SF: Inhaltliche Kategorien werden, wie auch *Suvin* deutlich gezeigt hat, in der SF zu ästhetischen Kategorien.

Natürlich ist dies nicht nur an der SF selbst zu beobachten, sondern kennzeichnet einen Teil der Literatur des 19. Jahrhunderts überhaupt. Man kann hier eine Fülle von Beobachtungen machen: *Mary W.-Shelley* schrieb 1818 ihren bis heute berühmten Roman „Frankenstein" und diskutierte darin zum erstenmal den Homunculus weniger metaphysisch als psychologisch. Das verlieh ihrem Buch zusammen mit kleineren Details (der vermessene Wissenschaftler, die Verknüpfung der Erfindung mit dem Gruseligen usw.) Modellcharakter für die SF und wies durch die triviale Vereinfachung des Faust-Motivs natürlich auch in die Richtung der Unterhaltungsliteratur, der die SF dann zugerechnet wurde. Der Amerikaner *R. L. Stevenson* nutzte mit „Dr. Jekyll and Mr. Hyde" (1887) das Doppelgänger-Motiv naturwissenschaftlich für sein Thema der durch die medizinische Forschung aufhebbaren menschlichen Identität. *Mark Twain* veränderte das Thema der mythischen Zeitreise erstmals naturwissenschaftlich-technisch in seinem Roman „A Connecticut Yankee in King Arthur's Court" (1889). Dies sind nur einige Beispiele.

Die frühe SF entsteht aus der Verbindung des utopischen Wunsches mit dieser neuen Thematik und deren strukturellen Folgen. Durch diese Verbindung ist aber auch der Grad von Wichtigkeit gekennzeichnet, den man jetzt der Beschäftigung mit Sachen, Wissenschaftsfragen, Innovationen usw. zur Zeit der Industrialisierung beimaß. Diese Themen werden überhaupt erst jetzt literaturfähig. *E. A. Poe* bewältigte die Aufgaben, die sich aus diesen, in seinem Fall selbstgewählten, neuen Möglichkeiten der Literatur ergaben, ohne Schwierigkeiten. Ähnliches mag gelten für den schon kurz erwähnten *Howard Ph. Lovecraft*, der zu Beginn des 20. Jahrhunderts unmittelbar an *Poe* anknüpfte und die zu dieser Zeit schon entstandene SF mit dem intensiv poetischen Stil *Poes* bereicherte, den *Wells, Verne* und *Laßwitz,* von denen sogleich zu reden sein wird, nicht verwendeten. Als hervorstechendes Beispiel für *Lovecrafts* inhaltlichen und dichterischen Erfindungsreichtum sei der Roman „The Rats in the Walls" (1924) erwähnt. *Poes* übrige Nachahmer verfielen jedoch zunächst einem recht naiven Wissenschaftsoptimismus, der ja den in Jahrtausenden erreichten poetischen Reflexionsstand nicht einfach ersetzen konnte. Dies ist eine Erklärung dafür, weshalb die SF in ihrer Frühzeit zunächst einmal ins Belanglose absinken mußte, bevor sie ihre Möglichkeiten überhaupt wahrnahm. Die Aufgabe, die sich aber auch schon jetzt für die SF-Autoren stellte, könnte so formuliert werden: Zeige, wie sich der Mensch in verschiedensten Welten reiner Ding-Bezogenheit, wissenschaftlicher Innovation und utopischer Imagination verhalten oder bewähren kann, wenn die Verbindungen zum Gesellschaftssystem einerseits und zur bis dahin vorherrschenden metaphysischen Sinngebung des Lebens andererseits gleicherweise reduziert sind. Wenn wir den theoretischen Beginn der SF in diesem weitesten Sinn verstehen, greifen wir ausführlicheren Definitionen nicht vor und gewinnen doch einen ersten Anhaltspunkt für ein genaueres, dann auch auf Differenzierung und Detail-Analyse bedachtes Verständnis.

2. Die Anfänge der Science-fiction

Im letzten Viertel des 19. Jahrhunderts treten Autoren auf, die, aus verschiedenen Richtungen kommend, den eigentlichen Beginn der SF markieren. Die drei bedeutendsten und typischsten Vertreter sollen hier kurz vorgestellt werden: der Engländer *Herbert George Wells* (1866–1946), der Franzose *Jules Verne* (1828–1905) und der Deutsche *Kurd Laßwitz* (1848–1910).

Wells hat die Gattung zweifellos am deutlichsten geprägt. Seine beiden berühmtesten Romane „The Time Machine" (1895) und „The War of the Worlds" (1898) können als der Beginn der angloamerikanischen SF gesehen werden. Seit *Wells* ist die naturwissenschaftliche Innovation nahezu ausschließliches, erst in jüngster Zeit wieder verlassenes Thema der SF. *Wells'* naturwissenschaftlich-technische Konzepte sind zwar naiv, ja häufig lächerlich, vergleicht man sie mit den komplizierten Artefakten seiner Nachahmer oder auch mit dem tatsächlichen wissenschaftlichen Fortschritt; man wird aber nicht übersehen dürfen, daß es, wie schon oben angedeutet, dieser naiven Wissenschaftsgläubigkeit bedurfte, wenn die Gattung die Möglichkeit erhalten sollte, kompromißlos von der übrigen

Literatur fortentwickelt und später vervollkommnet zu werden. *Wells* schuf der SF diesen Nullpunkt. Der Preis hierfür war allerdings, daß er die SF belastete mit einigen ideologischen Erzählklischees, etwa dem von unverhülltem Rassismus strotzenden Vorurteil gegenüber einem sogenannten „Bösen aus dem All". Es bedurfte der Krise zweier Weltkrige, das überschwengliche Selbstgefühl der SF dieser Prägung etwas zu erschüttern.

Wells nicht unähnlich, aber sachlich breiter, romanhafter und zugleich futurologisch engagierter äußerte sich der oft als „Vater der SF" apostrophierte *Jules Verne*. Hatte *Wells* die phantastischen Reisen ersonnen, von denen klar war, daß sie nur geniale Wissenschaftler oder fortgeschrittene Marsmenschen antreten konnten, so blieb *Verne* stets irdischer, geographischer. *Vernes* Vorbilder waren die klassischen Abenteuer- und Reise-Romane. Er führte diese Tradition fort, indem er die Reiseziele phantastischer wählte, die Reisemittel technisch begründete, nicht aber indem er sich mit seinen Themen von der konkreten gesellschaftlichen Wirklichkeit seiner Zeit sehr weit entfernte: Der Mond, die Tiefsee, der Erdmittelpunkt wurden ebenso phantastisch-abenteuerlich wie wissenschaftlich, ebenso biedermeierlich-persönlich wie futurologisch detailliert beschrieben. Daß eben *auch* die wissenschaftliche Prognose eine Rolle spielte, machte *Verne* zu einem SF-Autor: Er hätte noch heute Gelegenheit, seine Voraussagen eintreffen zu sehen. (Das bekannteste Beispiel hierfür: seine exakte Berechnung der physikalischen Daten eines Erdfluchtmanövers, das schließlich erst hundert Jahre nach ihm Wirklichkeit wurde.) Trotz allem wird man sagen dürfen, daß *Verne*, verglichen mit *Wells*, weniger die Tradition der SF mitbegründen half, als die Tradition des romantischen Abenteuerromans mit den Mitteln der SF beschloß. Deshalb fand er wohl auch weniger enthusiastische Nachahmer als *Wells*, jedoch ein ungleich breiteres Lesepublikum.

Der dritte hier zu nennende Autor, *Kurd Laßwitz*, ist widersprüchlicher in seiner Gesamterscheinung, sein Einfluß auf die Gattung ist, verglichen mit *Wells*, ja selbst mit *Verne*, sehr gering. Er war Lehrer, Mathematiker und Philosoph, seine Arbeiten zeigen sich daher beeinflußt von dieser für die SF ja eigentlich optimalen Kombination von Fähigkeiten. Auch er schrieb, ein Jahr vor *Wells*, eine Invasionsgeschichte („Auf zwei Planeten" 1897). In seinen „Bildern aus der Zukunft" (1878) gab er sich, 20 Jahre davor, sogar ein ausdrückliches futurologisches Programm. Es berührt eigenartig, daß ein Autor, der sicher ebensoviel zu bieten hatte wie *Wells* und darüber hinaus sein Werk mit durchaus lesbaren philosophischen Kommentaren ausrüstete, so viel weniger Wirkung erzielte. Hätte es je eine echte Tradition der SF in Deutschland gegeben, so wäre *Laßwitz* ihr geistiger Vater zu nennen. So blieb er jahrzehntelang völlig vergessen und erlebt erst in jüngster Zeit eine bescheidene Wiederentdeckung.

Das freie Spiel mit wissenschaftlichen Denkinhalten *(Wells)*, die abenteuerlich-spannende Darstellung vermutbarer Entwicklungen der Zukunft *(Verne)*, die Absicherung all dessen auch in philosophischer Richtung *(Laßwitz)* geben uns drei weitere Charakteristika der SF. Ihnen allen gemeinsam ist die Vermutung der Autoren, die Hinwendung zur so gehandhabten naturwissenschaftlich-technischen Fiktion könne die rationalistische Erklärung nachliefern für manches Rätsel der Vergangenheit wie für manche Ungewißheit der Zukunft.

3. Die kommerzielle Science-fiction

Im Jahr 1926 wurde von dem schon erwähnten *Hugo Gernsback* das Magazin „Amazing Stories" gegründet. Damit begann auch die Zeit der SF-Massenproduktion, deren Hersteller sich am Erfolg von *Wells* und *Verne* beteiligen wollten. Eine Unzahl von Autoren wurde nun im Genre tätig, die SF selbst sehr schnell in den Sog der Trivialliteratur gerissen. Aus der unübersehbaren Fülle zu Recht vergessener bzw. erst in jüngster Zeit anläßlich der Blüte von Pop und Subkultur wieder ausgegrabener Mitarbeiter an diesen frühen SF-Zeitschriften wollen wir stellvertretend einige Namen zitieren.

Als Autor der „Tarzan"-Serie kam *Edgar Rice Burroughs* (1875–1950) zu Weltruhm; seine zahlreichen Mars- und Venus-Geschichten zeigen ihn aber auch als ehemals erfolgreichen SF-Autor. *Robert E. Howard* (1906–1936) schrieb zusammen mit *L. Sprague de Camp* (dem Verfasser eines grundlegenden und recht brauchbaren „Science Fiction Handbook"), *John D. Clark* und *Lin Carter* die „Conan"-Serie und schuf damit den berühmtesten Vertreter der ‚heroic fantasy'-Komponente in der SF. *Edward E. Smith* (1890–1965) schilderte in seinem sechsbändigen „Lensmen"-Zyklus einen galaktischen Kampf zwischen außerirdischen Sternenmächten und wurde damit zu einem Begründer der ‚Space Opera'. *John W. Campbell, Jr.* (1910–) führte das ‚BEM', das Bug-Eyed Monster, mustergültig in seinem Roman „Who goes there?" vor; unsere Sammlung bringt daraus einen Textausschnitt. Obwohl sie ihre Berühmtheit auf anderen Gebieten erlangten, seien auch erwähnt die beiden Autoren *Edgar Wallace*, der für den durch die Verfilmung berühmt gewordenen „King Kong" verantwortlich ist, und *Sir Arthur Conan Doyle*, der sich mit „The Lost World" der ‚retrospektiven' SF annahm, sich also in die Erdvergangenheit begab. Mit diesen angloamerikanischen Autoren kann sich eigentlich nur ein einziger deutscher SF-Produzent messen, der in diesem Zusammenhang erwähnt sei: *Hans Dominik* (1872–1945), der auf ungleich tieferem Niveau als etwa *Laßwitz* technisch-optimistische „Zukunftsromane" mit nordisch-heldischer Verbrämung schrieb und einmal ein großes Publikum hatte. Sein Todesjahr kennzeichnet genau den Zeitpunkt, an dem nicht nur Autoren wie ihm, sondern auch einem großen Teil der angloamerikanischen Produktion der ideologische Boden zu schwinden begann, auf dem zuvor eine triviale SF kultiviert wurde, von der *Frank Rainer Scheck* im Nachwort zu seiner Anthologie „Koitus 80" schreibt: „Was hier aufscheint, erschreckt: Katastrophensehnsucht, Supermannsehnsucht, Maschinenangst, Neomystik, Friedensverteuflung, Frauenverteuflung, Autoritätshörigkeit, Tendenzen zu Archaismus, Ethnozentrismus, Rassismus, Militarismus, Imperialismus, Faschismus – ..." (S. 183, vgl. Bibliographie!).

In dieser Zeit von 1920 bis 1940/45 entstanden alle jene heute im Volksmund als ‚typisch Science-fiction' geltenden Erfindungen, alle jene phantastischen Ausgeburten und Erzählklischees, die bis heute in einem großen Teil der SF-Produktion fortleben. Einige der bekannteren Einfälle sind: das gefährlich-ekelerregende Ungeheuer aus dem Weltraum/Polareis/Himalaya/Ozean; die Eroberung der Erde (in letzter Sekunde verhindert) durch eben solche Wesen; der scheppernde, ratternde Roboter mit den Glühbirnen im Kopf und den Antennenstäben auf den Ohren (vgl. den von uns in die Sammlung aufgenommenen ‚Lexikonartikel' von *Ewers*), ein Wesen, das laborverwüstend und, seiner Machart zum Trotz, mädchenentführend einherstampft; der markige Held aus Fleisch und Blut, der das Mädchen rettet, das Ungeheuer besiegt/abstellt (am besten noch im Mesozoikum, wo Saurier zusätzliche Verwirrung stiften); der genial-teuflische Gelehrte vom Mabuse- oder Fu-Man-Chu-Typus; der tatterige Gelehrte, der nicht weiß, was er da in seinem Dachstübchen zusammenbraut und es sich deshalb vom blauäugigen Helden erklären lassen muß; der fremde Planet (vorzugsweise Mars und Venus), auf dem die entsetzlichsten Abenteuer zu bestehen sind; die diversen kosmischen Rassen, mit denen der Mensch natürlich in Fehde liegt und die so seltsame Namen tragen wie Knilv, Plonx oder Flp; natürlich dann immerzu das größte, schnellste, längste, gigantischste, teuerste, kostbarste, schrecklichste, schönste Diesunddas; Todesstrahlen und Tarnkappen, Zeitmaschinen und Zwischenwelten; Esper[3] und Edelmenschen etc. etc. Es kann keinem Zweifel

---

[3] ‚ESP' = **E**xtra**s**ensory **P**erception (außersinnliche Wahrnehmung)

unterliegen, daß sich solche Thematik im trivialen Bereich verlieren muß, wenn sie unreflektiert hingeworfen wird. Der Fall liegt aber darum so besonders schlimm, weil das Dumme und Nur-Groteske, das eben gerade nicht Plausible, nicht Denkbare, vor allem nicht wünschenswert Zukünftige oder ernsthaft Befürchtete auch in dieser Prägung sich ausgeben durfte als eine Literatur der ‚Fortschrittlichkeit' und des ‚intelligenten Denkspiels' – am besten zu studieren an „Perry Rhodan", d.h. noch in unserer unmittelbaren Gegenwart. Indessen sind Fortschritt und Intelligenz in der SF möglich, auch wenn die Komponente der soeben kurz skizzierten kommerziellen SF ein Vorurteil gegen die Gattung errichten half, das schier unüberwindlich scheint. Da in dem Beitrag über die Publikationsformen vor allem der trivialen SF von Perry Rhodan und seinesgleichen noch ausführlicher die Rede sein wird, wollen wir hier nicht weiter auf diesen Spezialfall eingehen.

4. Die klassische Science-fiction

Nahezu gleichzeitig mit dem Aufkommen der kommerziellen SF, wenn auch zur Entstehungszeit noch übertönt vom Getöse, das sie verursachte, entstand das, womit Beschäftigung sich eher lohnte, wodurch *Poe*, *Wells* und *Lovecraft* weiterentwickelt wurden. Und da jede Weiterentwicklung, sofern sie sich in wirklichen Integrationsprozessen und nicht nur in Ausbeutung äußert, selbst wieder wesentliche Anregung wird, wurde zugleich ein neuer Anfang gesetzt für eine allerjüngste Entwicklung der Gattung.

Als *Hugo Gernsback* und *John W. Campbell* in den zwanziger und dreißiger Jahren ihre berühmten SF-Zeitschriften („Amazing Stories" und „Astounding Science Fiction") herausgaben, waren beide in der allgemeinen Orientierungslosigkeit des ersten SF-Booms doch immerhin bemüht, eine gewisse Qualitätsauswahl zu treffen. Zog man schließlich aus diesen Zeitschriften nochmals das Gescheiteste heraus, so mochte das entstehen, was seit etwa 1940 für die Geschichte der Gattung typisch wurde: die in lockerer Folge, einmalig oder alljährlich erscheinenden Anthologien, deren Titel stets „The Best of the Best of SF" lauteten oder ein Synonym dafür waren. Die Sammler und Herausgeber, die sich hier betätigten, waren nicht selten selbst Autoren mit einigem literarischen Spürsinn. Deshalb hatten sie ein natürliches Interesse daran, sich selbst und anderen Weizen aus der Spreu der SF-Flut auszusondern. So entstanden die mittlerweile klassischen SF-Sammlungen (meist Kurzerzählungen und Novellen) von *Bleiler*,

Boardman, Boucher, Conklin, Crossen, Derleth, Dikty, Ellison, Elwood, Fadiman, Knight, Leinster, McComas, Moskowitz, Merril, Silverberg, Wollheim u. v. a. Eben diese Sammlungen waren es, die das Phänomen SF einer breiteren Öffentlichkeit bekannt machten, die sich deutlich unterschied von der Schar der Nur-Konsumenten, der ‚Fans‘, denen alles recht war. Als schließlich, etwa im Jahr 1960, auch im deutschen Sprachraum der Bann gebrochen war, wurden viele dieser Anthologien übersetzt. Auch begann mit ihrer Herausgabe eine erste literaturkritische Würdigung und Analyse des Dargebotenen, ja die Vorworte, die die Herausgeber schrieben, wurden zum eigentlichen Forum ausgewachsener Streitgespräche und Diskussionen über Zweck und Ziel, Inhalt und Form, Thematik und Selbstverständnis der SF.

Außerdem beobachten wir die für diese Zeit noch allein ausschlaggebende Einteilung der SF-Produktion in hier ‚minderwertigen Kitsch‘ und da ‚literarisch wertvolle Kunst‘, eine nicht immer sinnvolle Zweiteilung. Sie krankt daran, daß sie ständig nichts anderes tut, als krampfhaft den Kunst-Nachweis zu führen. Die Anthologisten und ihre Autoren waren naturgemäß von diesem, wie man heute wohl sagt, ‚elitären‘ Bewußtsein deshalb erfüllt, weil sie ja vor allem Front machten gegen die Flut von ‚Schund‘, wie man damals sagte. Da eine brauchbare Grundlagenforschung zur Trivialliteratur vor allem auf der Basis der Ideologiekritik seit einiger Zeit zur Verfügung steht, sollte man sich diesem häufig überzogenen ästhetisierenden Urteilen der frühen Sammler und ihrer Nachfolger nicht pauschal anschließen. Vielmehr sind die Fragen der sogenannten ‚Wertung‘ eben jetzt neu zu durchdenken.

Immerhin bleibt unbestreitbar, betrachtet man das Material der Anthologien, daß jetzt einige Dutzend Autoren ins Licht gerückt wurden, die, aus welchen Gründen auch immer, in den Verdacht einiger Meisterschaft auf ihrem Gebiet gerieten: Viele der schlimmsten Verstöße auch gegen einen ästhetischen Kanon des Schreibens, Denkens und Urteilens waren hier nicht mehr nachweisbar, und keinesfalls eine nur geringe Zahl von Texten wurde in die arrivierte Literatur eingereiht. Nimmt man nun etwa das Jahr 1925 als zeitliche Grenze, so lassen sich die noch vor diesem Jahr geborenen Autoren zu einer Gruppe zusammenfassen. Wir nennen die Werke dieser Autoren die ‚Klassische Science-fiction‘, sofern darin jene Qualität zu bemerken ist, die auf den ersten Blick dem Leser doch mehr abfordert als bloßen Konsum. Diese klassische SF stammt einerseits aus der frühen Produktion der Magazine, andererseits aus den erwähnten Anthologien und der durch diese Anthologien verstärkt angeregten Tätigkeit der sog. ‚besseren‘ Autoren, die gegen Ende der vierziger und zu Anfang der fünfziger

Jahre die SF zu einigem Ruhm und Ansehen geführt haben.[4] In alphabetischer Reihenfolge einige Hauptvertreter:

Isaac Asimov (1920–) ist vielleicht der berühmteste aller SF-Autoren und verkörpert zugleich den Typ des von der Naturwissenschaft kommenden Liebhabers der Gattung. Berühmt wurde er durch seine „Foundation"-Trilogie (1951), mit der ein gewisser galaktischer Gigantismus in der SF fortgesetzt wird, der jedoch ernster genommen werden kann als die schiere Materialaufhäufung seiner Vorläufer. Wenigstens eine seiner Geschichten geriet im Urteil der Kritiker zum Paradigma perfekter SF: „Nightfall" (vgl. Mommers/Krauß in der Text-Bibliographie!). *Alfred Bester* (1913–) führte die Gattung in den fünfziger Jahren zu einem Höhepunkt, als er die beiden wildgewordenen und vielbewunderten Reißer „The Demolished Man" und „The Stars my Destination" schrieb, in den Augen mancher jüngerer Autoren historische Fixpunkte der Gattung. *Ray Bradbury* (1920–) ist einer der wenigen Autoren, die, obwohl sie nach den Regeln der Gattung ,echte' SF schrieben, eigentlich in ganz anderen Literaturgebieten zu Hause sind. Vielleicht ist das der Grund, warum bei *Bradbury* eine hintergründige Art von SF sichtbar wird, deren Eigenschaften ihm allerdings zunächst nur das Verdikt „the least typical writer" der amerikanischen SF eintrug. Mit wenigstens drei Arbeiten errang *Bradbury* größte Berühmtheit: „The Martian Chronicles", „The Illustrated Man" und „Fahrenheit 451", die allesamt zu Beginn der fünfziger Jahre entstanden. *Arthur C. Clarke* (1917–), weit bekannt und von erstaunlicher Produktivität, schreibt seit etlichen Jahrzehnten SF. Seine Stärke liegt auf zwei Gebieten: der scharfsinnigen naturwissenschaftlich-technischen Extrapolation und der ,human interest'-Story, der SF-Geschichte also, in der es um ein spezifisch menschliches Problem in den erdachten technischen Welten geht. (Im Gegensatz zu *Clarke* genügen in diesem Punkt viele Autoren nicht den ungeschriebenen Gesetzen der Gattung: Sie projizieren Menschliches in die Zukunft, anstatt es zu extrapolieren.) *Robert Anson Heinlein* (1907–) schreibt seit 1939 SF und ist wie Clarke äußerst produktiv. Viele seiner Arbeiten haben ausgesprochenen Jugendbuch-Charakter, andere kreisen um sein Lieblingsthema, die Zeitreise. Er zählt zu den drei bis vier

---

[4] An dieser Stelle seien die wichtigsten Magazine genannt, die heute SF veröffentlichen: Amazing Science Fiction Stories, Analog (Astounding) Science Fact and Fiction, Cosmopolitan, The Dude, Esquire, Fantastic Science Fiction, Fantastic Universe, Fantasy and Science Fiction, Future Science Fiction, Galaxy Science Fiction, Gent, If Science Fiction, New Worlds, Original Science Fiction, Playboy, Rogue, Science Fantasy, Seventeen; in Deutschland: Planet und Anabis (vgl. Bibliographie!).

beliebtesten SF-Autoren. *Cyril Kornbluth* (1923–) kann als SF-Klassiker im engeren Sinn gelten, da es ihm erstmals gelungen ist, die SF mit Elementen der Kriminalgeschichte und der Parapsychologie nahtlos zu verbinden. Berühmtheit erlangte seine 1950 publizierte Geschichte „The Mindworm". *Richard Matheson* (1926–), einer der modernsten Klassiker, aber doch noch der ‚ersten Stunde' angehörend, kommt von der Weird Tale zur SF. Er verzichtet meist ganz auf das technische und optimistische Brimborium der frühen und klassischen SF und schreibt psychologisch-wissenschaftlich motivierte Gruselgeschichten. Auch hat er einen berühmten Roman zur SF beigesteuert, „I am Legend" (1954), womit ihm ein Reißer auf der Grundlage von *Bram Stokers* „Dracula"-Geschichten geglückt ist, die er wissenschaftlich-rational kanalisiert. *Clifford Donald Simak* (1904–) ist seit gut zwei Jahrzehnten damit beschäftigt, verschiedenste Theorien der Toleranz in seinen Arbeiten zu entwickeln. Er zählt ebenfalls zu den alten Meistern mit größter Breitenwirkung. *Robert Sheckley* (1928–) ist zwar jünger als die bis jetzt Genannten, gehört aber wohl dennoch der klassischen SF an, deren gesamte Ausdrucksskala er spielend beherrscht. Sein Hauptarbeitsgebiet ist die pointierte Kurzgeschichte. *Theodore Sturgeon* (1918–) hat vor allem mit seinem Roman „More than Human" Aufsehen erregt, einer analytischen Studie über die Möglichkeiten, die in verschiedenen parapsychologischen Begabungen liegen. *William Tenn* (Pseudonym für *Philip Klass*, 1920–) ist, was die dichterische Qualifikation angeht, ein Spitzenautor, obwohl er vor allem in Deutschland nicht sonderlich gut bekannt ist. Er schreibt seit 1945 Erzählungen. *Alfred Elton van Vogt* (1912–), ein Kanadier, beschäftigt sich seit 1940 vor allem mit Lebewesen generell, ihren Veränderbarkeiten und Denkarbeiten und benützt dazu mehr als andere Autoren umfangreiche Quellenliteratur. Verschiedene Romane (vor allem der „Isher" - und der „Null-A"-Zyklus) wurden berühmt; Bedeutendes hat er auch auf dem Gebiet der Kurzgeschichte geleistet. *Stanley Grauman Weinbaum* (1902–1935) ist schon mit 33 Jahren gestorben. Mit seinem schmalen Werk hat er aber eine unübersehbare Wirkung auf die klassische SF erzielt und sollte daher eher in die Nähe von *Verne* und *Wells* gerückt werden. Zu den Konzepten außerirdischen Lebens steuert er die gewiß rationalste Überlegung bei: In seiner gelegentlich kultisch verehrten Geschichte „The Lotus Eaters" (1935) entwirft er als erster das Denkmodell des schlechthin Andersartigen, das es, von Anthropomorphismen befreit, logisch folgernd zu entwickeln gilt. Damit wurde das schon erwähnte BEM endgültig verdrängt, umgekehrt eine ganze Bibliothek von SF-Büchern erst ermöglicht. *John Wyndham* (1903–) schließlich ist der wohl erfolgreichste SF-Autor Englands während der klassischen Periode. Sein Interesse gilt immer wieder den meist kritisch beurteilten Chancen, die die heutige Menschheit bei der Bewältigung äußerst gefahrvoller Ereignisse hätte.

Es muß erwähnt werden, daß vor allem die Länder Sowjetunion *(Dnjeprow, A. Tolstoj, Samjatin, Sawtschenko, Panshin* u. v. a.), Tschechoslowakei *(Čapek, Nesvabda, Pešek)*, Polen *(Lem* – ein höchst origineller Autor!), Frankreich *(Vandel, Klein)* wesentliche Beiträge zur klassischen SF geleistet haben. Leider müssen wir uns mit diesem bloßen Hinweis begnügen. Wichtige Titel finden sich in der Text-Bibliographie.

Wenigstens soll aber die deutsche SF der klassischen Zeit, sofern es eine ‚deutsche SF' überhaupt gibt, kurz vorgestellt werden. Ihre wichtigsten Namen sind schnell genannt. Nach *Laßwitz*, den wir schon kennengelernt haben, ist *Karl Grunert* (geb. 1865) zu erwähnen. Seine im ersten Jahrzehnt unseres Jahrhunderts erschienenen Arbeiten („Feinde im Weltall" 1908, „Der Marsspion" 1908) wurden sogar in den USA bekannt. Er zählt zur ältesten Generation der SF-Autoren und befindet sich mit seinen Invasionsgeschichten ganz in der Abhängigkeit von *Wells* und *Laßwitz*. *Bernhard Kellermann* (1879–1951) hatte 1913 einen großen Erfolg mit dem Roman „Der Tunnel". Darin verfolgte er das etwas eigenartige Projekt eines Tunnelbaus unter dem Atlantik, bricht aber wenigstens mit der Invasions-Tradition. In dieser Linie der vierte Autor ist *Hans Dominik*, den wir ebenfalls schon erwähnten. Er erreichte den höchsten Grad an Popularität und versorgte wenigstens zwei Generationen mit ganz und gar deutscher SF – dies aber leider im nicht immer positiven Sinn. Außer ihm wurden vor dem Zweiten Weltkrieg vor allem auch *Bruno H. Bürgel, Otto Willi Gail* und *Rudolf Hans Daumann* von Jugendlichen gern gelesen. *Heinrich Hauser* (1901–1955) schließlich ist wohl der erste deutsche Autor, der sich bewußt und erfolgreich der angloamerikanischen Tradition anschloß. Sein literarisches Generalthema ‚Technik' (es findet sich hier manches in den Schul-Lesebüchern) ließ auch die SF zu, und als er 1938 für zehn Jahre in die USA emigrierte, entstand das Konzept seines bekanntesten Romans, „Gigant Hirn" (1955 in Deutschland publiziert). In diesem Werk setzt sich *Hauser* als einer der ersten mit dem Computer, der ja damals noch ‚Elektronen-Gehirn' hieß, auseinander. Völlig auf den Pfaden der englischen Tradition wandelt der wohl bedeutendste und bekannteste deutsche SF-Autor, *Herbert Werner Franke* (1927–), ein Österreicher, der als Naturwissenschaftler wie *Asimov* und andere die nötige Voraussetzung für die klassische SF erfüllt und heute die SF-Redaktion des Goldmann-Verlages berät. Man kann *Franke* ohne weiteres neben seine amerikanischen und englischen Kollegen stellen. Was er etwa in „Der grüne Komet" oder

„Zone Null" geleistet hat, ist SF des klassischen Zuschnitts. – Von einigen weiteren Autoren werden wir weiter unten noch sprechen; sie gehören nicht mehr zur klassischen SF.

Ziehen wir ein Fazit: Die hier angedeutete und von uns sogenannte ‚klassische SF' hat in ihren besten Werken nicht nur das Niveau der Frühzeit erreicht, sondern dazu ganz gewiß Neues eingeführt, sei es romantischen Ursprungs durch den mittelbaren Rückgriff auf *Poe,* sei es Ergebnis des beschleunigenden naturwissenschaftlich-technischen Fortschritts. Sie hat alle Möglichkeiten, SF als ‚heile Zukunft' zu betrachten, durchgespielt, den anfänglichen Optimismus, die Verehrung des Technischen, die Wertschätzung des Wissenschaftlichen bis an die möglichen Grenzen vorgetrieben. Sie hat sich dem Denkbaren und Zukünftigen gestellt gewissermaßen mit dem treuherzigen Augenaufschlag des ‚Wir-werden-es-schon-schaffen'-Bewußtseins. Die klassische SF war, von Ausnahmen abgesehen, stets ein Konzept zur positiven menschlichen Selbstverwirklichung, und zwar auch dort, wo sie kritisch und pessimistisch sich gab, wo etwa der Mensch selbst seine Identität verlor. Jeder mahnende Zeigefinger deutete ja gleichzeitig auf ein im Text angelegtes besseres Modell, auch wenn es freilich häufig kindlichster Phantasie entsprungen schien.

Überhaupt ist wohl die Naivität der klassischen SF eines ihrer wesentlichen Kennzeichen. Zwangsläufig mußte es in ihrem statischen Unterbau zu gedanklichen Rissen und system-bedingten Ungenauigkeiten kommen, wenn, wie es doch häufig geschah, das Hauptaugenmerk der Autoren auf einer technisch-wissenschaftlichen Idee und ihrer erzählerischen Zuspitzung lag. Die Technik der ‚autarken Enklaven' zeigt hier ihre wesentliche Schwäche: Die Querverbindungen zur ‚Außenwelt' reißen ab, die Motivationen kreisen zunehmend um sich selbst, ein Verfallsprozeß aus Mangel an Zielsetzung beginnt. Über diese Schwierigkeiten bei der literarischen Verankerung der SF in der Außenwelt, auf die aus Gründen der Verständlichkeit ja nicht verzichtet werden kann, schreibt *Isaac Asimov* gelegentlich, der Autor einer Geschichte welcher Art auch immer könne doch darauf rechnen, daß sein Leser zumindest den Hintergrund verstehe und kreativ ergänze, wo er lückenhaft dargestellt sei; dagegen müsse jeder SF-Autor bis ins kleinste Detail Hintergründe erst erschaffen, bevor Personen vor ihnen handeln könnten, und jede Ungenauigkeit bei der Darstellung der verschiedenen Umgebungen führe auch zu Schwierigkeiten beim Verständnis der eigentlichen Handlung. Dies ist sehr richtig gesehen. Die beiden Wege, die hier offenbleiben, sind: Zurücknahme des SF-Szenariums – damit wird die Gattung verlassen – oder: der Elfenbeinturm der autarken Enklaven. Die neue SF – davon wird noch die Rede sein – scheint einen

Ausweg aus diesem Dilemma gefunden zu haben; der klassischen SF hingegen gelingt es nicht immer, die eingebauten futurologischen Sach-Aspekte über die schiere Extrapolation einer wissenschaftlich-technischen Sachlage hinaus grundlegend abzusichern im politischen, sozialen, psychischen, historischen oder ontologischen Bereich.

Hinzu kommt auch Nachlässigkeit. Selbst Könner wie der gerade erwähnte *Asimov* (der dann unter dem Pseudonym „*Paul French*" schreiben muß), *Heinlein*, *Simak* oder *Clarke* haben hin und wieder Texte geliefert, die auf recht geringe Ansprüche zugeschnitten sind. Im ganzen noch wenig betrüblich ist dieses (oft geplante) Versagen, wenn es nur etwa um schnelle Unterhaltung geht, die Geschichte also ‚nur' nichtssagend ist. Schlimm wird es stets dann, wenn grundsätzliche oder augenblickliche Unfähigkeit zur intelligenten Verarbeitung des Stoffes sich flüchtet ins sattsam bekannte Arsenal der restaurativ bis faschistoid eingefärbten Unterhaltungsindustrie. Dann eben unterwirft sich auch ein sonst renommierter Autor dem ideologiekritischen Verdikt, das auf die hochtriviale SF angewendet werden muß: Die Schilderung des vielleicht Zukünftigen, also des ‚Progressiven' schlechthin, verhüllt dann nur eine reaktionäre Verhaftung im fraglos bejahten System des status quo – was zwar übrigens das gute Recht jedes Autors wäre, gäbe er nur eben nicht vor, von der Zukunft zu sprechen. Beispiele für diesen katastrophalen Sachverhalt, den wir hier bewußt ans Licht rücken, ließen sich in Massen anführen. Wir wollen statt dessen noch einmal auf die informative Arbeit von *Michael Pehlke* und *Norbert Lingfeld* (vgl. Sekundär-Bibliographie!) verweisen, ohne die eine wirklich gründliche Beschäftigung mit der SF heute nur schwer möglich erscheint. Auch wenn *Pehlkes* und *Lingfelds* Arbeit durchaus mehr meint als klassische Literaturkritik, so kann doch jedermann aus den dort zitierten Beispielen sehen (etwa *Scheers* „Die Männer der Pyrrhus"!), in welchem Maß der Weltraumkitsch und der Sozialkitsch in manchen SF-Büchern grassieren.

Das klassische Zeitalter der SF ist zugleich ihr technisches. Dies reichte bisweilen bis zur technokratischen Vergewaltigung des Menschlichen, bzw. zur Verklärung monotypischer technischer Welten, aus denen der sozial-humane Aspekt häufig ausgeklammert blieb. Eben deshalb aber gab es auch immer schon Autoren während dieser Periode, die imstande waren, die in solchen unreflektierten Konzepten schlummernden Gefahren zu sehen und kritisch zu beurteilen. Nicht immer geschah das mit dem naiven Trick, erdachte Schwierigkeiten in der Zukunft mit den heiligen Gütern der gegenwärtigen Menschheit zu bekämpfen, auch wenn das die Regel blieb. Es ereignete sich durchaus auch das sinnvollere Gegenteil: Tatsächliche

Schwierigkeiten dieser unserer Gegenwart werden bekämpft mit Denkmodellen, die es in der Zukunft erst zu verwirklichen gilt. Hierin trifft sich der bessere Teil der klassischen SF mit der utopischen Tradition.

5. Außenseiter der klassischen Science-fiction

Wichtiger als die schon angeschnittene Frage, ob bestimmte Autoren nun der Utopie oder der SF zuzurechnen sind, scheint uns der Umstand, daß es zwischen der Utopie und der SF höchst lebendige Querverbindungen gibt und daß die Utopie ganz sicher eine große Anregung für die SF war und ist.

Nennen wir die beiden bekanntesten Autoren aus diesem teils utopischen, teils SF-verdächtigen Bereich, *Aldous Huxley* (1894–1963) und *George Orwell* (Pseudonym für *E. A. Blair*, 1903–1950), so sehen wir sogleich, was diese Zusammenarbeit vermag. Beide haben auf dem Gebiet der sog. ‚negativen Utopie‘, der ‚Menetekel-Utopie‘, Bedeutendes geleistet, der erste in seinen beiden Romanen „Brave New World" (1932) und „Ape and Essence" (1948), in denen er sich mit dem totalitären Staat und dem nach einem gedachten Atomkrieg pervertierten Gemeinwesen auseinandersetzt, der andere in der wohl bekanntesten und folgenreichsten Utopie des 20. Jahrhunderts, „Nineteen Eighty-four" (1949), einer fiktiven Verwirklichung des perfekten Stalinismus.

Huxley und *Orwell* sind Utopisten. Sie sind insofern aber auch klassische SF-Autoren, als das technisch-naturwissenschaftliche Element bei beiden Autoren eine wesentliche Rolle spielt, ihre Arbeiten Erzählhandlungen aufweisen und schließlich das wesentlichste Element dieser Erzählhandlungen wie bei der klassischen SF die Spannung ist, die, auf einen Helden abgebildet, die Ereignisse vorantreibt. Beide Autoren gehören der SF insofern nicht an, als es letzten Endes nicht um die wie immer geartete Innovation innerhalb einer Zivilisation geht – ob sich diese Zivilisation dadurch nun verändert oder nicht – sondern um die gesamte Kultur des Menschen, um gleichsam auch die hinterste Ecke seiner denkbaren Existenz. Was *Orwell* und *Huxley* entwerfen, sind „Makrototalmodelle". Dergleichen gibt es in der SF nicht, wenigstens nicht in der klassischen. Was sie üblicherweise darstellt, sind Mikromodelle, vereinzelte Aussichten auf die Folgen meist recht vereinzelter Ideen, Denkmöglichkeiten oder Innovationen. Hinzu kommt, daß das spielerische Element, eines der wesentlichsten Merkmale der SF-Literatur, der utopischen Literatur zumeist fremd ist: Während es sich bei Utopien um tatsächlich befürchtete oder wirklich angestrebte, jedenfalls aber erstgemeinte Sachverhalte handelt, äußert sich die

SF in der Regel unverbindlicher, potentieller, weniger seriös. Um Mißverständnissen vorzubeugen, fügen wir hinzu: Diese Feststellung hat nichts zu tun mit einer sachlichen Bewertung der Brauchbarkeit des jeweiligen Denkansatzes. Gute Absicht ist noch nicht gleichbedeutend mit einem diskutablen Diskussionsbeitrag, noch weniger bedeutet umgekehrt ein spielerisches Element schon sachliche Unbrauchbarkeit.

In einige Schwierigkeiten geraten wir bei einem weiteren Autor in dieser Außenseitergruppe: *Olaf Stapledon* (1886–1950), dessen Hauptwerk „Last and First Men" (1930) nirgends klar einzuordnen ist. Am ehesten ließe sich die Arbeit noch als spekulativ-utopischer Essay einstufen. *Stapledon* verzichtet auf eine Erzählhandlung; das gliedert ihn aus der engeren SF natürlich von vornherein aus. Andere Werke, „Odd John" oder „Star Maker", sind dagegen echte klassische SF.

Weniger problematisch als *Stapledon*, dafür mit stärkeren Elementen der klassischen Utopie, stellen sich die Werke zahlreicher anderer Autoren der ersten Hälfte dieses Jahrhunderts dar, von denen wir wenigstens einige, vor allem deutsche, kurz erwähnen wollen: Franz Werfels „Stern der Ungeborenen" (1946) ist eine mit philosophischen und religiösen Gedanken erfüllte Zukunftsvision. *Friedrich Heer* schrieb 1950 seinen Roman „Der achte Tag", der das Fortdauern christlicher Gemeinschaften in einem verlängert gedachten ‚Dritten Reich' beschreibt. *Ernst Jünger* steuerte zur utopischen Literatur die 1949 und 1956 erschienenen Romane „Heliopolis" und „Die gläsernen Bienen" bei. *Hermann Hesses* „Glasperlenspiel", ein besonderer Höhepunkt romantizistischer und elitärer Utopie, erschien 1943. *Clive Staples Lewis'* „Perelandra"-Trilogie (1938–1945) besitzt einen ausgeprägt religiösen Zielpunkt, wird aber dennoch von vielen und mit guten Gründen zur SF gerechnet. *Mordecai Roshwalds* Roman „Level Seven" (1959) befaßt sich auf höchst eindrucksvolle Weise mit dem fatalen Automatismus einer zum Atomkrieg gerüsteten Technokratie. *Walter Jens'* utopischer Versuch „Nein – Die Welt der Angeklagten" (1950, überarbeitete Fassung 1968) steht in der Nachfolge *Kafkas* und entstammt eben dem literarischen Klima, das ein Jahr zuvor *Orwells* „1984" hervorbrachte. *Arno Schmidt* hat sich mit seinen Romanen „Die Gelehrtenrepublik" (1957) und „Kaff, auch Mare Crisium" (1960) in diese Tradition eingereiht. Allen diesen Arbeiten ist gemeinsam, daß sie unter vielem anderen eben auch Elemente der SF enthalten, seien es vorformulierte Einzelideen der SF wie etwa Roboter, seien es soziale Mikroordnungen vom Typus der Gelehrtenrepublik oder der pädagogischen Provinz, die ja häufig in der SF vorkommen, seien es allgemeine Sach-Themen wie etwa der Atomkrieg oder das beliebteste SF-Thema, die Weltraumfahrt.

Nennen wir als letzten Autor in dieser Gruppe der Außenseiter *Erich von Däniken*, allerdings nicht deshalb, weil er ein Utopist wäre. Er ist schon ein SF-Autor, auch wenn er auf jede Erzählhandlung verzichtet. Denn wie es erzählte Utopien gibt, so gibt es auch nicht-erzählte SF. Deshalb fehlt ihm natürlich die aus dem dichterischen Element stammende Glaubwürdigkeit der ‚science', und ‚fiction' ist nur halbherzig verwirklicht. Im Grunde genommen handelt es sich hier wie bei *Robert Charroux*, den er kopiert, um einen Autor, der eine SF-Idee (Besuch fremder Astronauten in der irdischen Vergangenheit) im Gewand eines Sachbuchs darzustellen versucht und damit die (berechtigten) Proteste der Fachwelt hervorruft.

6. Die moderne Science-fiction

Nehmen wir alle die geschilderten Aspekte zusammen, die sich zwischen *Edgar Allan Poe* und der Utopie des zwanzigsten Jahrhunderts greifen ließen; fügen wir hinzu die Übernahme auch der rein phantastischen Literatur (etwa *Lewis Carrolls* „Alice's Adventures in Wonderland" von 1865, ein Buch, das nicht nur auf den SF-Autor *Aldiss* gewirkt hat, sondern auch der neuen SF nahestehende Bücher wie die von *Tolkien* beeinflußt hat); bedenken wir die explosionsartige Entwicklung der wissenschaftlichen Futurologie seit *Robert Jungks* „Die Zukunft hat schon begonnen" (1953) und der Grundlagenforschung *Ossip Flechtheims* und seiner Schule; halten wir uns vor Augen, in welch großem Maß soziales und politisches Bewußtsein nicht nur die Alltagsdiskussion, sondern auch die künstlerischen Medien durchsetzt, sehen wir schließlich, daß es heute einen durchaus ernsten Willen zur Veränderung gibt, die in früheren Zeiten wegen des Informations- und Kommunikationsmangels wirksamer verhindert blieb, – dann haben wir das literarische Klima, in dem sich die neueste SF in immer größerem Maß abzuspielen beginnt.

Der Horizont hat sich geweitet: Technisch-naturwissenschaftliche Extrapolation genügt allein ebensowenig wie phantastische Spekulation: beide fallen letztlich auf sich selbst zurück. SF-Literatur der neuen Art versucht, das Kreisen um sich selbst zu beenden, statt dessen im sozialen Raum stattzufinden und den sozialen Raum auf sich zurückwirken zu lassen. So äußern sich die neuen SF-Autoren zunehmend theoretisch-kritisch über ihr Metier und dessen Voraussetzungen und stellen sich bewußt in Traditionen (etwa die der politischen Satire seit *Swift*), die ihnen erlauben, sich einem Modell zu nähern, das schon im Namen sich nicht mehr auf *Gernsback* und *Campbell* berufen will. Mit „Science Creation" (was *Robert Jungk* vorgeschlagen hat) oder „Speculative Fiction" (ein Terminus der Autorengruppe um *Moorcock* und *Ballard*) faßt man die neuen Zielvorstellungen begrifflich, mit einer Abkehr vom bloßen ‚systemimmanenten' Unterhaltungseffekt vor allem orientiert man sich sachlich.

Wenn es nach dieser vorläufigen Übersicht so aussehen will, als habe ein Linksruck in der neuen SF stattgefunden, so trügt der Anschein nicht. Tatsächlich verlief der Weg bis zum heutigen Entwicklungsstand über die Station einer ersten ästhetischen Absichtserklärung zu Ende der fünfziger Jahre hin zu einem Punkt, wo es den fortgeschrittensten der neuen Autoren gar nicht mehr darauf anzukommen scheint, ihre Gattung einer, wie sie meinen, ‚bürgerlichen Zielvorstellung vom Wert des Schönen' anzugleichen. Dies heißt allerdings nicht, daß die alte Sisyphus-Arbeit der klassischen Autoren, die SF vor allem ästhetisch zu emanzipieren, nun endlich getan wäre bzw. in vollem Umfang erst noch erledigt werden müßte. Die Fragestellung selbst ist weniger anziehend geworden. Diesen recht faszinierenden Sachverhalt findet der SF-Liebhaber illustriert in einer Anthologie, die sich „Koitus 80" nennt und von *Frank Rainer Scheck* herausgegeben wurde. (Vgl. Text-Bibliographie, auch unter Moorcock, dessen Sammlungen *Scheck* offenbar herangezogen hat.)

Nun darf freilich auch der Nicht-Marxist sich einigen Gewinn versprechen, selbst wenn es ihm nur um Intelligenz, gedankliche und sachliche Differenzierung und künstlerische Relevanz in der SF zu tun ist: Der Großteil der jungen SF-Autoren hat diese Aufgaben gelöst, ohne sie vielleicht ausdrücklich lösen zu wollen. Es versteht sich von selbst, daß mit der Einübung auf neue Sachziele auch eine ästhetische Durchmusterung der vorhandenen oder möglichen Techniken des Schreibens einherging. So ist auch die spielerische Komponente der SF neben der sachlichen oder gar sozial-programmatischen durchaus weiterentwickelt worden. Ihren geistigen Umkreis mag folgendes Zitat aus einer Verlagsankündigung beleuchten: „Geschichten wie Spieluhren, ebenso romantisch bezaubernd wie technisch perfekt, wie Märchen, von einem Computer erzählt." Wir täten gerade der modernen SF unrecht, wenn wir diese ‚Spiel'-Art unerwähnt ließen.

Er hat den Anschein, daß England seine ehemalige Führungsrolle in der SF im Augenblick wieder zurückerobert. Beginnen wir mit der Übersicht über das weite Spektrum der neuen SF also bei den führenden Autoren Großbritanniens. Wir gehen wieder alphabetisch vor: *Brian Wilson Aldiss* (1925–), der Präsident der British Science Fiction Association, ist wohl einer der produktivsten Vertreter. Zwar stehen seine frühen Arbeiten noch ganz in der Abhängigkeit der amerikanischen Klassiker, doch verrät er seit etwa 10 Jahren eine immer noch zunehmende Eigenständigkeit. Wichtige Entwicklungen gingen von ihm aus, und was er seit „Psyclops" (1956) geschrieben hat – der Text findet sich in unserer Sammlung – kennzeichnet den Weg der neuen SF von beginnender ästhetischer Bewußtheit zu engagierter bewußtseinsbildender Literatur. Für seinen Roman „Hothouse" erhielt er den Hugo-Preis 1962, für „The Saliva Tree" (in *Knights* „Der Gigant", vgl. Text-Bibliographie!) den Nebula-Preis 1965. *James Graham Ballard* (1930–) hat sich vor allem um die theoretische Grundlegung der neuen SF verdient gemacht. Seine Äußerungen finden sich vor allem in dem englischen Magazin „New Worlds", an dem auch *Aldiss* mitarbeitet. Ballards eigene Arbeiten sind am psychologischen Roman geschult. (Man könnte ihn den Bradbury der neuen SF nennen.) Ihm geht es um die Gestaltung eines, wie er sagt, ‚inneren Raumes', in dem sich der real-sachliche ‚point' einer SF-Idee mit der Psyche des Helden trifft. Es sei hingewiesen auf „The Crystal World", einen ganz besonders stimmungsreichen und hintergründigen Roman. *Michael Moorcock* (1940–), der Herausgeber des erwähnten Magazins „New Worlds", sieht sich wie *Aldiss* vor allem durch die phantastische Literatur angeregt und orientiert sich bei *Franz Kafka,* den er überhaupt für die SF beansprucht. Auch *Bester* hat auf ihn eingewirkt. *Moorcock* ist ein besonders rühriger Verfechter der neuen SF und setzte sich auch in seinen theoretischen Äußerungen deutlicher als andere von der klassischen Tradition ab. Sein preisgekrönter Roman „Behold the Man" geht massiv gleich gegen zwei alte Tabus der SF vor: Religion und Sexualität.

Eine ähnliche Abkehr vom Alten vollzieht sich auch in den USA. Hier wären zu nennen: *Algis Budrys* (1931–), den die deutsche SF verlor, als er schon in jungen Jahren aus Königsberg emigrierte, ist vielleicht am dichtesten an den klassischen Vorbildern. Er verwirklicht noch extremer als seine Vorläufer *Cordwainer Smith, Kornbluth* und *Bester* eine ‚totale' SF; dennoch sind seine Arbeiten bodenständige ‚hardware'-SF, wie man in den USA sagt. *Gordon R. Dickson* (1923–), einer der ältesten in dieser ganzen Gruppe der neuen SF, gehört ihr trotzdem an, weil er wie Aldiss die Veränderungen in der SF mitzumachen imstande war. Für „Soldier, ask not" erhielt er 1964 einen Preis, unsere Sammlung bringt seine Kurzgeschichte in Briefform „Computers don't argue" von 1965, ebenfalls preisgekrönt. *Robert A. Heinlein,* der oben vorgestellt wurde, hat zumindest mit einem Roman einen beachtlichen Beitrag zur Entwicklung der neuen SF geleistet. Allerdings ist der Erfolg von „Stranger in a Strange Land" (1961) wohl auch für den Autor nicht nur Anlaß zur reinen Freude, da, nach eigener Auskunft, Charles Manson, der Mörder Sharon Tates, nach diesem Roman sein eigenartiges Leben gestaltete. *Kurt Vonnegut, Jr.* ist ein Außenseiter der SF. Anfang der sechziger Jahre gelang ihm der Durchbruch, als er einige nicht nur von der SF-Kritik gefeierte Romane vorlegte: „Player Piano" (1962) und „Cat's Cradle" (1963). „Slaughterhouse-Five or The Children's Crusade" (1969) fand ebenfalls weite Beachtung. In diesen Arbeiten schließt sich der Autor einerseits der *Huxley-Orwell*-Tradition an, gewinnt aber andererseits durch einen immensen Ideenfundus, der vor allem satirisch verarbeitet wird, Selbständigkeit. Auch *Vonnegut* ist wie *Bradbury*, *Ballard* und manch andere ein wirkungsvoller Vermittler zwischen SF und moderner Prosa. *Roger Zelazny* schließlich ist der vielleicht wichtigste Name der neuen amerikanischen SF. Von den Autoren seiner Generation läßt sich allenfalls *Aldiss* mit ihm vergleichen. Dabei geht *Zelazny* mit der klassischen SF gerade nicht so rigoros ins Gericht wie manch anderer, bedient sich vielmehr ihres Personals, ihrer Kulissen und ihrer Themen mit großer Unbefangenheit. Wie man auch auf diesem Weg zum Erfolg gelangen kann, zeigen „He Who shapes" (1965) (deutsch „Der Former") oder der in unserer Sammlung abgedruckte Text.

Wie wir weiter oben schon angedeutet haben, begibt sich außerhalb Englands und Amerikas nur selten ein Autor ganz auf das Gebiet der SF. Dies ist der Grund dafür, daß auch diese Liste sich wieder ausschließlich mit in englischer Sprache schreibenden Verfassern beschäftigt. Allerdings finden sich in Deutschland doch gelegentlich Ansätze, Versuche, die neue SF nicht auf dem Weg über die SF, sondern aus der anderen Richtung, von der etablierten Literatur her zu erreichen. So geriet schon *Hermann Kasack* an ein Stück humoristischer SF, als er seinen „Mechanischen Doppelgänger" schrieb (nicht selten in Schul-Lesebüchern abgedruckt). Andere Autoren sind zu ergänzen, etwa *Heinz von Cramer, Günter Herburger, Marie-Luise Kaschnitz, Friedrich Dürrenmatt* („Das Unternehmen der Wega" – ein überaus beachtenswertes Hörspiel), *Günter Kunert* u. a. Sie alle bedienen sich gelegentlich der in der SF entwickelten Formen und Themen, tragen damit aber kaum zur Bereicherung der SF bei, sondern zieren umgekehrt die allgemeine Literatur mit Stilelementen der SF. Es ist jedoch gut möglich, daß die derzeitige Entwicklung in der SF und auf anderen literarischen Gebieten von Unterscheidungen dieser Art, die jetzt noch sinnvoll erscheinen, über kurz oder lang ganz wegführen wird. Von *Heinz von Cramer* und *Marie-Luise Kaschnitz* haben wir jeweils einen Text in die Sammlung übernommen.

Eine echte deutschsprachige SF wird in allerjüngster Zeit greifbar nur bei den Herren *Ewers, Ernsting* (Pseudonym: *Clark Darlton*), *Kneifel, Mahr, Scheer* und *Voltz*, einem Autorenkollektiv, das die Originalproduktionen des Verlags Moewig beherrscht. Hier indessen handelt es sich weder um neue, noch um klassische, sondern um urälteste SF, deren Stilmittel und Themen allesamt den frühen amerikanischen Trivialtexten entnommen sind. Die Diskussion darüber darf (schon vor *Pehlke/Lingfeld*) als abgeschlossen gelten, doch beherrschen diese SF-Produzenten ganz zweifellos den Markt. Hier geschmacksbildend einzugreifen, scheinen sich einige wenige Autoren zum Ziel gesetzt zu haben, die in jüngster Zeit von sich reden machen. Wir nennen den Diplompsychologen *Jürgen vom Scheidt,* der sowohl SF-Geschichten schreibt, als sich auch theoretisch mit der Gattung auseinandersetzt, und *Wolfgang Jeschke,* der im Lichtenberg-Verlag die SF-Redaktion betreute und dort auch seinen ersten Band mit Erzählungen („Der Zeiter" 1970) vorgelegt hat. *Vom Scheidt* und *Jeschke* liegen ganz auf der angloamerikanischen Linie, zeigen beachtliches Niveau und widerspiegeln durchaus die Tendenzen der neuen SF.

Wichtig scheint uns zum Schluß die Frage, worauf die jüngste Entwicklung bei den Autoren von *Aldiss* bis *Zelazny* hinweist. Es ist offensichtlich, daß das sich andeutende Konzept jedenfalls das umschließen muß, was uns heute als Aufgabe gestellt ist: die Bewältigung unserer Zukunft. Auch in diesem Sinn sei unsere Textsammlung verstanden, denn wir glauben, die SF kann dazu beitragen. Allerdings hat sie sich freizuhalten von dogmatischer Verbohrtheit, ideologischer Einschnürung von rechts oder links und ästhetisierender Geheimbündelei. Dann aber wäre sie auch erstmals frei von so manchen neurotischen Fehlhaltungen, die ihr aufgezwungen wurden von der hochmütigen Verachtung ihrer Gegner.

J. G.

II. Erscheinungsformen und Marktgeschehen

Science-fiction ist heutzutage in einer erstaunlich großen Vielfalt von Verbreitungsformen anzutreffen. Den größten Umfang nimmt natürlich die literarische Produktion ein: Magazin, Romanheft, Comicbook, Taschenbuch und Paperback beherrschen eindeutig den Markt. Doch haben auch Funk, Film und Fernsehen wesentlich zur Verbreitung des Genres beigetragen, bis neuerdings sogar SF-Opern auf der Bühne erschienen. Eine nähere Betrachtung dieser Phänomene lohnt sich schon deshalb, weil hierbei wesentliche Einblicke in den Prozeß der Entstehung, der Verbreitung sowie der Konsumentenpsychologie und -soziologie zu gewinnen sind. SF ist nicht nur ein typisches Kind unserer Zeit, sondern läßt sich auch als Gattung leidlich genau umgrenzen, so daß sie ein besonders dankbares Objekt für literatursoziologische und sozioökonomische Untersuchungen darstellt. Dabei dürfen allerdings die erheblichen Qualitätsunterschiede nicht außer acht gelassen werden, die von ausgesprochenen Trivialerzeugnissen bis zu ehrgeizigen Experimenten mit neuen Inhalten und Formen reichen. Ursprünglich ein verachtetes Produkt der sog. Subkultur, erhebt SF heute in ihren Spitzenleistungen den Anspruch, als Kunstwerk ernst genommen zu werden.

1. SF-Magazine

Der Weg der modernen SF begann in den USA im Jahre 1926 mit dem ersten SF-Magazin „Amazing Stories", dessen Herausgeber *Hugo Gernsback* drei Jahre später auch den Gattungsbegriff prägte. Als zweite Serienschrift traten 1928 die „Astounding Stories" auf, die lange Zeit unter der Leitung von *John W. Campbell* standen. Eine deutliche Zunahme dieser periodischen Literatur war nach dem zweiten Weltkrieg zu verzeichnen, als die Entwicklung der Atomenergie, der Radartechnik, des Düsenflugverkehrs und der mit Raketen durchgeführten Vorstöße in den Weltraum das Interesse breiter Leserkreise an dieser Art technisch-utopischer Abenteuerliteratur weckte. Heutzutage wird diese Tradition fortgesetzt durch einige führende Magazine wie „Galaxy", „The Magazine of Fantasy and Science Fiction", „Analog-Science Fiction and Fact" (s. S. 12). Diese Serien sowie eine Reihe ausgesprochener „pulp-magazines" erscheinen im allgemeinen monatlich zu einem Preis von 50–60 Cents, sind auf billigem Papier gedruckt (daher das Fachwort „pulp"!) und enthalten Kurzgeschichten, Fortsetzungsromane, Buchbesprechungen und Leserinformationen. Knallbunte, sensationell wirkende Umschläge bilden den Blickfang, grobe Schwarzweiß-Zeichnungen illustrieren die Texte. Die Qualität dieser Magazine, aber auch einzelner Beiträge ist sehr unterschiedlich; ein guter Teil wird nach wie vor von Autoren bestritten, die auf routinierte Weise durch Erfindung reißerischer „space operas" ihr Brot verdienen. Die führenden Vertreter der Gattung bemühen sich jedoch zusehends um ein tragbares Niveau, so daß der Leser nicht selten Erzählungen findet, die höheren Ansprüchen durchaus genügen. Auch so bekannte Schriftsteller wie *Isaac Asimov* oder *Robert A. Heinlein* können auf die durch die Magazine gebotene Einnahmequelle nicht verzichten. Nicht zuletzt aus diesem Umstand erklärt sich übrigens die Tatsache, daß innerhalb des Werks ein und desselben Verfassers oft erstaunliche Qualitätsschwankungen vorliegen. Im ganzen handelt es sich bei der Produktion der gängigen amerikanischen Magazine um eine Literatur, die ganz auf die Bedürfnisse und Erwartungen eines treuen Stamms von Lesern zugeschnitten ist. Er rekrutiert sich aus Schülern, Collegestudenten, Angestellten, umfaßt aber auch Angehörige akademischer Berufe, vor allem Ingenieure. Über die Auflagenzahlen sind kaum genaue Angaben zu erhalten. 1954 betrug die Zahl der ständigen Leser nach Auskunft des amerikanischen Soziologen Walter Hirsch ca. 6 Millionen. Das „Science Fiction Handbook" von de Camp gibt an, der amerikanische Durchschnittsleser sei um die Dreißig, männlichen Geschlechts und Akademiker.

Oft schließen sich gerade jüngere Leser dieser Magazine zu Clubs zusammen, um gemeinsam die utopische Lektüre zu pflegen, Zukunftsfragen zu diskutieren, aber auch ihr reales Informationsbedürfnis auf naturwissenschaftlich-technischem Gebiet zu befriedigen. Manche der Clubs geben sogar eigene Zeitschriften heraus, sog. „fanzines", die zwar geringe Auflagen, aber eine erstaunlich weite Zirkulation erreichen. Solche Einzelheiten sind insofern wichtig, als deutsche Verlage wie Moewig in München zur Steigerung ihres Absatzes die Gründung von Leserzusammenschlüssen fördern.

Nicht nur die Konsumenten haben durch die gemeinsamen Leseinteressen ein starkes Zusammengehörigkeitsgefühl entwickelt. Das gleiche gilt für den Kreis der ständigen SF-Autoren, die sich häufig zu Verbänden vereinigen (z.B. zur Association of SF-Writers of America) und durch Verleihung von Preisen an ihre Mitglieder auf bestimmte Werke aufmerksam machen. Als begehrteste Auszeichnung galt lange Zeit der sog. „Hugo", benannt nach dem deutsch-amerikanischen Herausgeber und Autor *Hugo Gernsback*. Er ist dem „Oscar" der Filmwelt vergleichbar und wird seit 1953 jährlich für den bedeutendsten Roman und die beste Novelle oder Kurzgeschichte verliehen. Neueren Datums ist der 1965 vom Verband der SF-Schriftsteller Amerikas eingeführte „Nebula Award", der ebenfalls jedes Jahr dem Autor des besten Romans und Kurzromans, der besten Novelle und Kurzgeschichte zuerkannt wird. Er besteht aus einem stilisierten Spiralnebel, der in ein Stückchen Bergkristall und einen Block aus transparentem Lucit eingebettet ist. Daneben gibt es eine Ehrenliste der gelungensten SF-Arbeiten eines Jahres. In der Tat stellen solche preisgekrönten Romane und Erzählungen Spitzenprodukte der Gattung dar und bieten dem Leser einen sicheren Hinweis auf besondere Qualität. Als Beispiel mag *Judith Merrils* alljährlich erscheinende „The Best of Sci-Fi"-Anthologie dienen, die etwa im Jahr 1960 eine „Honorable Mentions"-Liste von 100 SF-Arbeiten abdruckt. Kritisch mit der SF befaßt sich die Zeitschrift „Science Fiction Times".

Auf dem deutschen SF-Markt fehlt ein genaues Gegenstück zu diesen weitverbreiteten amerikanischen Magazinen. Immerhin erscheint neuerdings in München die Serienschrift „Planet", die sich ebenfalls Magazin nennt, aber mit DM 5.– im Preis wesentlich höher liegt und neben SF-Erzählungen viele zusätzliche Beiträge zu den Themen „Science, Fact, Report, Sex, Comic, Wonder, Phantasy" bringt. Wichtiger ist, daß dem deutschen SF-Fan vom Verlag Heyne eine große Anzahl von Übersetzungen aus mehreren amerikanischen Magazinen im Taschenbuchformat zugänglich gemacht wurde. Die Reihe „The Magazine of Fantasy and Science Fiction" umfaßt bereits an die 35 Bände, wobei jeder unter einem bestimmten Motto steht. Die Folge „Galaxy" hat die Zahl 25 bald erreicht. Rund ein Dutzend Heyne-Anthologien, ebenfalls Pocketbooks, beziehen ihre Texte vornehmlich aus den bekannteren amerikanischen Magazinen. Das gleiche gilt für die Reihen „Ullstein 2000" und „Fischer Orbit" mit Übersetzungen aus angloamerikanischen Periodicals und Pocketbook-Reihen.

Mit Ausnahme der Übersetzungen originaler Anthologien handelt es sich hier immer um eine Auswahl, so daß diese Taschenbücher nur in begrenztem Maß als genaues Spiegelbild der gesamten amerikanischen Magazinproduktion anzusehen sind. Laut Herausgeber wird eine qualitätsbezogene Auswahl getroffen, doch fallen selbst dabei erhebliche Qualitätsunterschiede ins Auge: neben einigen ganz ausgezeichneten Arbeiten stehen recht durchschnittliche und auch höchst triviale Texte, so daß durch diese deutschsprachigen Taschenbücher mehr das breite Unterhaltungsbedürfnis angesprochen wird, der literarisch interessierte Leser jedoch nur hin und wieder auf seine Kosten kommt. Immerhin stammen mehrere unserer Texte aus diesen Auswahlbänden, worüber die bibliographischen Angaben Auskunft geben.

2. Romanhefte

Wie eine genaue Beobachtung des deutschen SF-Marktes zeigt, wird das Leseinteresse von Jugendlichen in erster Linie durch die zahlreichen Romanhefte befriedigt, deren erstaunlich gewachsene Auflagenzahlen Beachtung verdienen. Diese Heftchenliteratur muß als eigentliches Gegenstück zu den amerikanischen Magazinen angesehen werden.

Den ersten großen Erfolg konnten seit den frühen fünfziger Jahren die „Utopia"-Hefte des Verlages Pabel in Rastatt für sich verbuchen. Hier erschienen in greller Aufmachung vorwiegend Übersetzungen angloamerikanischer Autoren, während die wenigen deutschen Verfasser häufig den Deckmantel eines Pseudonyms benutzten. Das gleiche gilt für die „Terra"-Serie des Verlages Moewig, München, die einige Jahre später neben die „Utopia"-Reihe trat. Der Umfang all dieser Hefte betrug 64 Seiten für den Normalband, 94 Seiten für die „Groß"- oder „Extra"-Ausgabe, der Preis 60 Pfennig bis zu einer D-Mark. Jede Woche oder alle vierzehn Tage konnte sich der SF-Fan die neue Nummer am nächsten Zeitschriftenkiosk abholen. Aufmachung, Preis, Periodizität und Massenvertrieb wurden entscheidend für den Markterfolg, was sich in den hohen Heftnummern (bis an die 600!) niederschlug. Die Nachfolge dieser Serien haben Hefte wie „Terra Nova", Terra Astra" (Moewig) und „sf" (Zauberkreis-Verlag) angetreten, doch wird deren Erfolg erheblich übertroffen durch die „Perry Rhodan"-Reihe aus dem Moewig-Verlag, die sich stolz, aber durchaus zu Recht „die größte Science-Fiction-Serie der Welt" nennt und seit 1961 erscheint. An ihrem Beispiel läßt sich am besten zeigen, welchen Gesetzen die Massenproduktion von Trivialliteratur in unserer Zeit folgt. Moewig gehört übrigens zur Bauer-Verlagsgruppe und hat sich neuerdings mit Pabel für den Druck und Vertrieb zusammengeschlossen, ein deutlicher Hinweis auf Monopolbildung.

Perry Rhodan, der Held dieses gigantischen Fortsetzungsromans, einstmals Kommandant der ersten amerikanischen Mondexpedition, steigt durch die von ihm übernommenen wissenschaftlichen und technischen Hilfsmittel der den Menschen weit überlegenen „Arkoniden" zum „Administrator des solaren Imperiums" auf. Mit seinen treuen Gefährten Atlan, Bully und dem „Mausbiber" Gucky erlebt er unzählige Abenteuer im

Weltraum und besteht mit immer gefährlicheren Feinden Kämpfe, die ihn schließlich sogar über die Grenzen unserer Milchstraße hinaustragen. Mit der Unsterblichkeit der Hauptpersonen durch einen biologischen „Zellaktivator" ist die Möglichkeit geschaffen, die Serie endlos weiterlaufen zu lassen. Inzwischen ist Perry Rhodan zu einer Markenbezeichnung geworden, unter der die verschiedensten literarischen Erzeugnisse vertrieben werden, die Ende 1972 eine Gesamtauflage von 80 Millionen Exemplaren erreicht haben. Im folgenden ist der Stand bei Drucklegung des vorliegenden Bandes in abgerundeten Zahlen verzeichnet:

1. PR-Romanhefte – „Perry Rhodan, der Erbe des Universums" (Erscheinungsweise wöchentlich, Preis DM 1,–).
   1. Auflage: Nummer 600
   2. Auflage: Nummer 350
   3. Auflage: Nummer 260
2. Atlan-Romanhefte – „Ergänzung der PR-Serie mit zusätzlichen Abenteuern über Kriminalfälle im Weltall" (erscheint vierzehntägig, DM 1,–, Nummer 60).
3. „Perry – Unser Mann im All" (Comic-Bilderhefte, erscheinen monatlich, DM 1,–, Nummer 70).
4. PR-Planetenromane (Taschenbücher, Erscheinungsweise monatlich, DM 2,80).
   1. Auflage: Band 110
   2. Auflage: Band 40
5. Übersetzungen in Frankreich und den USA als Taschenbücher, in Holland als Romanhefte.

Der Erfolg der PR-Serie ist nicht nur von dem gebotenen Inhalt abhängig, sondern mindestens in gleichem Maße von einer geschickten Leserpsychologie, einer reibungslosen Herstellung und Verteilung und einer zielstrebigen Werbung. Für den Verlag ist die Schaffung einer solchen Romanserie ein Unternehmen, das nach wirtschaftlichen Gesichtspunkten betrachtet werden muß. Literatur für den Massenkonsum wird zur Ware, deren Herstellung und Vertrieb den gleichen Gesetzen wie jedes andere Produkt unterworfen ist; der Leser nimmt die Stellung des Käufers ein, der dem gewählten Artikel treu bleiben soll, was zu den Aufgaben der Reklame und des Kundendienstes gehört.

Für die Herstellung unseres literarischen Produkts ist zunächst bezeichnend, daß ein Team von sechs Autoren an der Arbeit ist, um den Leserkonsumenten wöchentlich mit der nötigen Seitenzahl an PR-Stoff zu versorgen. Am Anfang stehen die Exposés, in denen die Handlung vorgezeichnet und die Hauptfiguren entwickelt werden. Dann folgt die Ausarbeitung durch eines der Teammitglieder, wobei im Laufe der Zeit ganz gewaltige Schreibleistungen zustande kommen. Einer der bekanntesten Mitarbeiter des

Verlages, *Clark Darlton (= Walter Ernsting),* brachte es in den letzten zehn Jahren bei grober Überschlagsrechnung auf rund 120 Romanhefte und etwa 10 Taschenbücher, das sind rund 10000 Manuskriptseiten. „Manchmal hau' ich so ein Ding in fünf Tagen zusammen" äußerte jüngst der PR-Autor Hans Kneifel der Zeitschrift „Konkret" gegenüber. Man sieht, daß sich Romanreihen wie die unsere nur in einer Art Fließbandarbeit herstellen lassen, die weit vorausschauende Planung, genaue Koordination und gewissenhafte Einhaltung der Termine zur Voraussetzung hat. Das alles aber sind Grundsätze, wie sie für das moderne Wirtschaftsleben gültig sind.

Eine Selbstverständlichkeit ist die reibungslose Vertriebsorganisation. Die Verteilung erfolgt durch Großhändler der Zeitschriftenbranche an die vielen tausend Bahnhofsbuchhandlungen, Zeitschriftenläden und Kioske in der Bundesrepublik und in Österreich. Außerdem werden Händler und Abonnenten in weiteren 54 Ländern beliefert, vor allem in der Schweiz, in Italien, Belgien und Luxemburg.

Eine Besonderheit stellt ein eigener Kundendienst dar, der ursprünglich seinen Sitz in Feldmoching bei München hatte und jetzt von der Rastatter Versandbuchhandlung im Pabelhaus übernommen wurde. Dort kann jeder Leser fehlende Nummern nachbestellen. Dieses System erlaubt nicht nur eine restlose Ausnützung der Auflage, auch die psychologische Wirkung ist von eminenter Bedeutung. In jedem „Perry-Rhodan-Fan" erwacht bald die Sammelleidenschaft; er möchte gern die ganze Serie besitzen, zumal ihm dafür Sammelmappen angeboten werden, die etwa ein Dutzend Romanhefte aufnehmen. Auf diese Weise füllt sich das Bücherregal des Lesers – aber auch die Kasse des Verlages. Das Unternehmen benützt geschickt alle Mittel, um den Absatz zu steigern. Am Anfang jedes Heftes findet man eine knappe Rückschau auf das vorausgegangene Geschehen, am Schluß einen Hinweis auf Titel, Verfasser und Inhalt des folgenden Bandes. Auf Neuerscheinungen der Comic-Hefte, der Planetenromane oder der Atlan- und Terra Astra-Reihe wird in großen Anzeigen hingewiesen. Jedes Heft enthält nicht nur eine Seite des „Perry-Rhodan-Lexikons" mit der Erklärung schwieriger Ausdrücke, sondern auch die sog. „Leserkontaktseite", auf der Briefe der Redaktion und Leserzuschriften in allerdings arg gekürzter Form veröffentlicht werden.

Der Verlag hat es so verstanden, sich gerade unter Jugendlichen eine treue Lesergemeinde zu schaffen. Auf seine Anregung hin wurden „Perry-Rhodan-Clubs" ins Leben gerufen. Sie bestehen in allen größeren Orten der Bundesrepublik; jede Neugründung wird in den Romanheften veröffentlicht, die Zahl der Clubs hatte bereits 1968 die Zahl 500 überschritten.

Über den Verlag kann man Satzungsvorschläge, Clubausweise und Anstecknadeln beziehen. Wenn Zuschriften von Clubmitgliedern veröffentlicht werden, erscheint vor den Namen die stolze Bezeichnung „PRC", d. h. Mitglied eines Perry-Rhodan-Clubs. Der Förderung überregionaler Zusammenschlüsse dienen sog. „Perry-Rhodan-Cons" (Conferences), bei denen Freunde des Romanhelden zusammenkommen, um Vorträge der Autoren zu hören, utopische Filme zu betrachten und über die Zukunft der Menschheit zu diskutieren.

Der Perry-Rhodan-Fan ist ohne weiteres in der Lage, die gesamte Freizeit seinem Hobby zu widmen. Ein eigener „Service" bietet ihm dazu an: Rißzeichnungen und Modelle von Weltraumschiffen, Serienfiguren aus der PR-Reihe, Abziehbilder, Weltraummobile, farbige Bilder im Großformat als Wandschmuck, Schiebebilder, Briefmarken des „Solaren Imperiums", Quartettspiele und die PR-Schallplatte „Count Down". Jahrelang war die Riesenmaus „Gucky" in Plüsch trotz ihres respektablen Preises ein Verkaufsschlager.

Der Verlag legt großen Wert darauf, den seriösen Charakter seiner Reihe zu betonen. Diesem Zweck dient der in jedem Heft in Fettdruck zu findende Hinweis: „Der Moewig-Verlag in München ist Mitglied der Selbstkontrolle deutscher Romanheft-Verlage." Das klingt recht offiziell und hat den Geschmack einer gewissen amtlichen Genehmigung. Immer wieder wird auf den wissenschaftlich ernst zu nehmenden Charakter der Hefte und auf den ihnen angeblich zugrundeliegenden Friedens- und Toleranzgedanken hingewiesen.

Alle diese Beschwichtigungsversuche können aber nicht darüber hinwegtäuschen, daß die Handlung eines PR-Romans stets nach demselben stereotypen Schema abläuft, die Zeichnung der Personen flach und unglaubwürdig bleibt, die phantastischen Einfälle jeder wissenschaftlichen Begründung entbehren und die sprachliche Gestaltung ein Mischmasch zwischen schlampiger Ausdrucksweise und einem kaum verständlichen Jargon darstellt. Der so sehr gepriesene Friedens- und Toleranzgedanke entpuppt sich bei näherem Zusehen als fadenscheiniger Deckmantel für nackte Reaktion, Verherrlichung des Führergedankens, rassischen Dünkel, militaristische Tendenzen und imperialistisch-kolonialistische Anmaßung.

Den Leser der PR-Reihe fechten diese gefährlichen Aspekte ihrer Lektüre kaum an, was die erstaunlichen Auflagenziffern beweisen. Nach einer Mitteilung des Verlages in der Fernsehsendung „Aspekte" vom 10.11.70 wird die Originalausgabe wöchentlich in 160 000 Exemplaren gedruckt, die 2. Auflage nach zwei bis drei Jahren erreicht 60–70 000 Stück. Da die Hefte häufig von Hand zu Hand zirkulieren, schätzt man, daß jede Woche etwa eine Million Bundesbürger ihren Lesehunger mit Perry Rhodan stillen. Davon gehören 39% der Altersgruppe 13–22 Jahre an, 12% sind 22–30-jährig, 11% sind 30–40-jährig. Oberschüler, Schüler und Lehrlinge stehen mit 30% an der Spitze der Berufsklassen, es folgen die Angestellten mit 22% und Arbeiter mit 21%. 85% aller Leser sind männlich.

Diese Zahlen mögen ein weiteres Motiv für die Leser dieser Sammlung sein, sich durch ein genaues Studium der PR-Texte ein eigenes Urteil über die Einordnung und Beurteilung dieser Romanhefte zu bilden.

3. Comics

Zur „Groschenliteratur" auf dem SF-Markt gehören nicht nur die Romanhefte, sondern auch die „Comics", d. h. Bildergeschichten mit kargem Text, die ebenfalls amerikanischen Ursprungs sind. Die Comic-Strip-Ausstellung, die im Jahre 1970 in verschiedenen deutschen Städten gezeigt wurde, gab einen ziemlich lückenlosen Überblick über die Entwicklung dieser Gattung.

Der erste SF-Strip von *Dick Calkins,* nach dem Helden „Buck Rogers" benannt, erschien bereits 1929. Die Handlung spielte im 25. Jahrhundert und wurde in den Weltraum verlegt. 1934 folgten „Flash Gordon" von *Alexander Raymond* und „Mandrake the Magician" von *Lee Falk* und *Phil Davis*, eine abenteuerlich-phantastische Geschichte, die bereits auf die kommenden Übermenschen hinwies. Der erste dieser maskierten Supermänner hieß „Phantom" und war eine Schöpfung der eben genannten beiden Zeichner. Sein Erfolg wurde allerdings noch in den Schatten gestellt durch die 1938 von *Jerry Siegel* und *Joe Shuster* ins Leben gerufene Gestalt des „Superman". Er stammte von einem anderen Stern, war allmächtig, allwissend und völlig humorlos. Er führte ein Doppelleben, denn er war gleichzeitig ein guter amerikanischer Durchschnittsbürger namens *Clark Kent* und als Supermann ein „champion of the oppressed, the physical marvel, who had sworn to devote his existence to helping those in need". Eigenartig, wie systemerhaltend, bei so idealem Lebensziel, er dennoch wirkte.

Nach 1945 wurden die Supermänner unter dem Einfluß von Horror-Geschichten und schwarzem Humor zu immer unmenschlicheren Monstrositäten gesteigert. Seit 1961 versorgt Marvel Comics Group zahlreiche Leser mit Gestalten wie „Fantastic Four", „Spiderman", „Ironman and Captain America" oder „The Mighty Thor".

Von den schlimmsten Auswüchsen dieser phantastischen Bilderflut ist der deutsche Konsument verschont geblieben. Doch genügen die deutschen Ausgaben amerikanischer Strips wie „Superman und Batman" aus dem Ehapa-Verlag Stuttgart durchaus, um den Betrachter das Schaudern zu lehren. Die phantastischen Einfälle gehen bis ins Absurde: Supermänner besitzen einen „Röntgenblick", bedienen sich tödlicher Hitzestrahlen, setzen ihre Riesenkräfte ein, um Schnellzüge und Flugzeuge aufzuhalten, blasen mir ihrer „Superpuste" ohne weiteres einen Wolkenkratzer um und rasen gleich darauf einer Rakete gleich mit malerisch wehendem Umhang in den leeren Weltraum.

Original deutsche Erzeugnisse auf dem Gebiet des SF-Strips gibt es nur wenige. Doch muß in diesem Zusammenhang noch einmal auf die Comicserie „Perry Rhodan im Bild" hingewiesen werden, die seit 1967 den „PR-Nachwuchs" in den treuen Leserkreis einbeziehen soll. Sie hat eine interessante Entwicklung durchgemacht. Während der Held (in den Vignetten der Romanhefte) zunächst als Astronaut mit männlich-markanten Gesichtszügen und befehlend in die Ferne gerichteten Augen auftrat, ist aus ihm inzwischen ein Jüngling mit einer gewaltigen Haarfülle und psychedelisch verhangenem Blick geworden, während seine Begleiterin eine Popfrisur aufweist und recht spärlich bekleidet ist. So äußert sich die Anpassung an bestimmte Moderscheinungen, wozu auch notwendig die Aufnahme von offenem Sex wie von Sexualsymbolen gehört. Das traurigste Machwerk in diesem Bereich ist die dem französischen Vorbild „Barbarella" nachgemachte „Uranella"-Serie des Verlages Moewig, deren erotisch-sadistische Komponente dem Geschmack mancher erwachsener männlicher Leser entgegenkommen soll.

Insgesamt gilt für die SF-Strips: „Sie spielen in einem Niemandsland ohne historische Vergangenheit. Zukunft wird durch unbegrenzte Apparatur und unbekannte Wesen simuliert, doch sonst wird nichts Neues geboten außer mitunter phantastischen Bildern" (Erläuterungstext der Comic-Strip-Ausstellung).

4. Taschenbuch und Paperback

Das Taschenbuch als Publikationsform für SF-Literatur kann im amerikanischen Sprachraum auf eine lange Tradition zurückblicken. Viele Romane und Erzählungen, die zum erstenmal in Magazinen veröffentlicht wurden, erfahren im TB-Format eine Neuauflage, doch gehören Originalbeiträge ebenso zum ständigen Repertoire der Corgi-, Fontana-, Four Square-, Panther-, Penguin- und Signet-Pocketbooks, um nur einige der häufigsten

Reihen zu nennen. Seit vielen Jahren enthält der berühmte „Whitaker" („Paperbacks in Print" by J. Whitaker & Sons, London) einen eigenen Index für SF mit vielen hundert Titeln. Auf die in solchen Katalogen aufgeführten preiswerten und handlichen Bücher greift auch der deutsche Leser zurück, wenn er SF-Autoren im Originaltext kennenlernen will, was unbedingt empfehlenswert ist, wenn man bedenkt, daß etwa *John Wyndham* ein ausgezeichnetes „colloquial English" schreibt und *Robert A. Heinlein* das gleiche für das moderne Amerikanische leistet. (Entsprechende Angaben in der Bibliographie.)

In Deutschland wurde der erste Versuch, SF-Literatur in einer billigen Reihe herauszubringen, zu einem Mißerfolg. Das Experiment von „Rauchs Weltraumbüchern" zu Anfang der fünfziger Jahre schlug fehl, obwohl ein so ausgezeichneter Kenner wie *Gotthard Günther* das Unternehmen mit seiner Studie „Die Entdeckung Amerikas und die Sache der Weltraumliteratur" begleitete und die anspruchsvollen Titel der Serie gescheit kommentierte. Nach vier Bänden mußte das Erscheinen wegen Absatzschwierigkeiten eingestellt werden. Die „Utopischen Taschenbücher" des Gebr.-Weiß-Verlages waren lange im Handel, doch blieb auch ihnen der große Erfolg versagt. Immerhin konnte das Berliner Unternehmen eine Lizenz für die TB-Ausgabe der Werke *Hans Dominiks* an den Verlag Carl Überreuter erteilen, so daß die bereits in den Jahrzehnten vor dem zweiten Weltkrieg entstandenen Romane des deutschen Ingenieurs und Schriftstellers eine neue Blüte erlebten und die beachtliche Gesamtauflage von rund vier Millionen Exemplaren erreichten.

Das eigentliche Stichjahr für die heute noch nicht abgeschlossene weite Verbreitung von SF-Pocketbooks ist jedoch 1960. Fast gleichzeitig erschienen damals die ersten Nummern von „Goldmanns Zukunftsromanen" und die ersten SF-Titel im Taschenbuchprogramm des Heyne-Verlages. (Beide Verlagshäuser sind übrigens in München beheimatet.) Aus zunächst noch bescheidenen Anfängen entwickelten sich die beiden umfangreichsten SF-Taschenbuchreihen im deutschen Sprachraum. Goldmanns „Weltraumtaschenbücher", betreut von dem Physiker und Schriftsteller *Herbert W. Franke*, umfassen zum gegenwärtigen Zeitpunkt (Ende 1972) an die 160 Titel, wobei jeden Monat eine neue Nummer erscheint. Auch frühere Bände sind jederzeit lieferbar.

Einen noch erheblicheren Umfang besitzt die TB-Reihe „Heyne Science Fiction". Der Verlagsprospekt vom Dezember 1970 führt an die 300 Titel auf, von denen aber eine ganze Anzahl vergriffen ist. In jedem Monat werden vier zusätzliche Bände herausgebracht. Den Gesetzen der Massenproduktion folgend, werden Restauflagen an Warenhäuser „verramscht", wie der Fachausdruck lautet, so daß ein stark wechselndes Angebot vorliegt. Stark gefragte Titel erleben eine zweite und dritte Auflage. Innerhalb der beiden genannten größten deutschen SF-Taschenbuchreihen bestehen wiederum erhebliche Niveauschwankungen zwischen den einzelnen Autoren und ihren Werken. Weizen und Spreu werden gleichsam unvermischt angeboten. Ohne fachkundige Beratung wird dem interessierten Leser die notwendige Scheidung kaum gelingen. Aus diesem Grund haben wir an anderer Stelle (s. Bibliographie!) eine Liste empfehlenswerter Titel zusammengestellt, deren Mehrzahl in den Verlagen Goldmann und Heyne erschienen sind. Daß die beiden von diesen Unternehmen herausgebrachten SF-Reihen sich übrigens an verschiedenartige Leserkreise wenden, kann man unschwer feststellen, wenn man die Umschläge vergleicht: die vielfach abstrakten, mit größeren Farbflächen arbeitenden Einbände im einen Fall wollen den Eindruck fortschrittlicher Seriosität vermitteln; im anderen Fall reizen oft kühne Collagen mit inhaltlichen oder farblichen Schockeffekten einen Leser zum Kauf, der offenbar kräftige Kost bevorzugt.

Neben Goldmann und Heyne sind neuerdings auch andere Verlage auf SF aufmerksam geworden. Als ehrgeizigste und verdienstvollste Publikation darf dabei die Jules-Verne-Ausgabe des S.-Fischer-Verlages in 20 Taschenbüchern gelten. Es handelt sich hier um eine Lizenzausgabe der modernen Neuübersetzung des Verlags Bärmeier & Nikel. Der besondere Reiz dieser wohlfeilen Bändchen besteht in den Illustrationen mit Holzschnitten des französischen Originals. Taschenbücher findet man in den neuen Reihen „Ullstein 2000" und „Fischer Orbit".

Das gesteigerte Interesse anspruchsvollerer Leserschichten an SF-Literatur dokumentieren schließlich die Paperbacks, die trotz eines höheren Preises seit ihrem Erscheinen im Jahre 1969 einen guten Absatz gefunden haben. An der Spitze steht der Verlag Marion von Schröder mit seiner Reihe „Science Fiction und Fantastica", die zum Jahreswechsel 1972/73 über 25 Bände aufweist. Der Verlag Lichtenberg bietet „Science-Fiction für Kenner" als Paperbacks an und läßt neben angloamerikanischen Autoren auch deutsche Verfasser zu Wort kommen. Das ehrgeizigste Experiment hinsichtlich Inhalt und Aufmachung unternimmt die Serie „Science Fiction der Welt" des Insel Verlags. Die Texte stellen ausgesprochen intellektuelle Ansprüche. Die auch äußerlich sichtbare besondere Note besteht in surrealistischen Umschlägen und in violettem Druck auf weißem Papier.

Die Tatsache, daß Hardcover-Ausgaben von SF-Titeln keine Seltenheit mehr sind, weist deutlich auf das gesteigerte Ansehen der Gattung bei Verlegern, Buchhändlern und Lesern hin. Es hängt dies sicher damit zusammen, daß triviale, phantastische und kuriose Literatur jeglicher Provenienz derzeit hoch im Kurs steht, doch dürfen auch die inhaltlichen und stilistischen Weiterentwicklungen der SF in Richtung auf ein waches Problembewußtsein und auf die Verwendung moderner künstlerischer Mittel nicht übersehen werden.

5. Funk, Film, Fernsehen, Bühne

Bei den Lesern der SF-Literatur, in welcher Form sie auch immer gedruckt wird, handelt es sich im allgemeinen um Liebhaber der Gattung, die oft schon von Jugend auf eine besondere Neigung für das wissenschaftliche oder phantastische utopische Genre entwickelt haben. Die genannten Medien dagegen sprechen in erster Linie das breite Publikum an und erfassen alle Alters- und Intelligenzstufen. Oft erfolgt durch Funk, Film, Fernsehen oder Bühne die erste Begegnung mit der SF und kann je nach den näheren Umständen alle möglichen Reaktionen von empörter Ablehnung bis zur hellen Begeisterung hervorrufen. Eine Geschichte der Verbreitung von SF durch diese Medien ist nicht einmal im Ansatz vorhanden; es müssen also einige Schlaglichter genügen.

a) Das Hörspiel

Das SF-Hörspiel gehört inzwischen zu einem regelmäßigen Bestandteil des Programms vieler Sender. Zwei Beispiele, ein älteres und ein modernes, seien kurz vorgestellt.

„Invasion from Mars" wurde von seinem Herausgeber bezeichnet als „probably the most famous radio script ever written". Es wurde nach dem 1895 von *Herbert George Wells* veröffentlichten Roman „The War of the Worlds" von Howard Koch geschrieben und unter Leitung von *Orson Welles*, dem berühmten Schauspieler und Filmregisseur, am 30. Oktober 1938 über das Columbia Broadcasting System ausgestrahlt. Das Geschehen, eine Invasion der Marsbewohner, wurde auf eine beklemmend realistische Weise in die amerikanische Kleinstadt Grovers Mills, New Jersey, verlegt: fiktive Reporter, Wissenschaftler und Kommentatoren schilderten das unaufhaltsame Vordringen der marsianischen Kriegsmaschinen, deren Hitzestrahlen keine irdische Waffe gewachsen war, bis schließlich die winzigen Bakterien der Erdatmosphäre der Fremdherrschaft ein überraschendes Ende setzen. Die Wirkung dieses Hörspiels war eine Massenhysterie, die heute noch von Psychologen und Psychiatern als Musterbeispiel eines solchen Ereignisses in moderner Zeit angesehen wird. Hunderttausende amerikanische Bürger aus New Jersey, New York, Connecticut und Pennsylvania faßten das Spiel als bitteren Ernst auf und begaben sich mit Autos, Wohn- und Lastwagen auf eine überstürzte Flucht, die zu einem völligen Chaos des Verkehrs und des öffentlichen Lebens führte. Noch heute, nach mehr als dreißig Jahren, wird dieser Vorgang herangezogen, um über bestimmte Eigentümlichkeiten des amerikanischen Volkscharakters zu spekulieren.

Das zweite Beispiel ist insofern lohnend, als es den Beitrag eines bekannten modernen Dramatikers zur Gattung des SF-Hörspiels darstellt. Es handelt sich um *Friedrich Dürrenmatts* 1958 entstandene Funkdichtung „Das Unternehmen der Wega". Im Jahre 2250 droht ein Krieg zwischen den Bündnispartnern Amerika und Europa auf der einen und den östlichen Mächten unter Führung Rußlands auf der anderen Seite. Eine Regierungsdelegation des Westens fliegt zur Venus, um mit den Kolonisten ein Bündnis abzuschließen. Auf diesen Planeten haben alle Staaten der Erde ihre Verbrecher deportiert. Dort leben sie im steten Kampf mit einer unbarmherzigen Natur und sind gerade dadurch zu freien Menschen geworden. Die Ablehnung des Bündnisangebotes beantwortet das irdische Raumschiff mit dem Abwurf von Kobaltbomben, damit der Gegner nicht seinerseits strategischen Nutzen aus dem Planeten zu ziehen vermag. Wieder einmal hat die pure Machtpolitik gesiegt. Auf der Erde aber bleibt der Überfluß die Quelle von Ungleichheit und Ungerechtigkeit.

Das Stück hat auch heute noch nichts von seiner Aktualität verloren und erscheint deshalb immer wieder im Hörspielprogramm deutschsprachiger Sender. Es darf durch die Knappheit der Dialogführung als ein Meisterstück seiner Gattung gelten. Während die „Invasion vom Mars" eine auf der Erde spielende „space opera" von allerdings großer Wirksamkeit war, gehört die Funkdichtung des modernen Dramatikers Dürrenmatt zur „Menetekel"-Utopie und benützt die Einkleidung in zukünftiges Geschehen in erster Linie dazu, um über die Gegenwart zu Gericht zu sitzen.

An allen deutschen Sendeanstalten tauchen immer wieder SF-Versuche am seriösen Hörspielabend auf, so daß sich eine regelmäßige Beobachtung des Programms durchaus lohnt.

b) Der Film

Einer Fülle von Material, das wenigstens zum Teil bereits gesichtet wurde, begegnen wir, wenn wir den Beitrag des Films zur Gattung der Science-fiction untersuchen. Die Vorgeschichte reicht bis in die Stummfilmzeit zurück. Bereits einer der ersten Streifen mit einer Spielhandlung, gestaltet von dem französischen Filmpionier *Georges Méliès*, schildert „Die Reise zum Mond" nach Motiven von *Jules Verne* und *H. G. Wells*. Er entstand 1902 und besaß eine Vorführdauer von 15 Minuten. Die phantastischen Bilder wurden von *Méliès* noch von Hand koloriert. Unter den „hundert Filmen, die die Welt bewegten", deren Zusammenstellung auf *Ernst Johann* zurückgeht, befinden sich allein ein halbes Dutzend SF-Stummfilme, darunter so berühmte Titel wie „Der Golem" von *Paul Wegener* nach dem gleichnamigen Roman von *Gustav Meyrink* (1914), „Homunkulus" von *Otto Rippert* (1916) „Das Kabinett des Dr. Caligari" von *Robert Wiene* (1919), „Nosferatu, eine Symphonie des Grauens" von *Friedrich W. Murnau* (1922) und die „Verlorene Welt" von *Harry Hoyt* nach einem Roman von *Conan Doyle* (1925). Die genannten Titel zeigen deutlich, daß die Gattungen des Science-fiction-, Horror- und Vampirfilms eine gemeinsame Wurzel haben, was den bekannten Kritiker *Gunter Groll* dazu veranlaßte, für sämtliche Produkte einer phantastischen Bilderwelt die treffende Bezeichnung „Phantomfilm" einzuführen.

Der erste große reine SF-Film der Stummfilmzeit ist „Metropolis" von *Fritz Lang,* dem wohl bekanntesten deutschen Regisseur dieser Ära. Das Drehbuch stammt von *Thea v. Harbou,* der Gattin *Langs*. Nach dem finanziellen, technischen und menschlichen Aufwand ist dieses 1926 gedrehte Werk der ehrgeizigste Film, den die Ufa damals hergestellt hat. Zugleich enthält er zum ersten Male alle jene Elemente, die noch heute als typisch für die Gattung gelten können.

Metropolis ist eine Stadt der Zukunft, die aus einer Ober- und einer Unterstadt besteht. Den oberen Teil bilden gewaltige Hochhäuser und breiträumige Straßen, die durchzogen sind von einem unaufhörlichen Wagenstrom und beständig von Flugzeugen überflogen werden. Dieses überlebensgroße New York wurde nach dem sog. Schüftan-Verfahren aufgenommen, das mit Hilfe von Spiegeln die winzigen Ateliermodelle ins Riesenhafte vergrößerte. Die obere Stadt ist Wohnsitz der Großunternehmer, der Manager und Ingenieure. In der Unterstadt dagegen bedienen die Arbeiter, vom Tageslicht abgeschnitten, die ungeheuerlichsten Maschinen. Sie sind willenlose Sklaven geworden, die mit mechanisiert-seelenlosen Bewegungen die Räder und Hebel der Apparaturen bedienen. In der Darstellung dieses phantastischen Dekors entfaltet *Lang* seine Meisterschaft als Regisseur, der nicht nur Massenszenen zu gestalten versteht, sondern auch den Kontrast von Hell und Dunkel bewußt einsetzt. Damit hatte er ein Vorbild für alle zukünftigen SF-Filme geschaffen, die darum wetteifern, die futuristische Ausstattung immer täuschender und großartiger ins Bild zu bringen.

Das zweite der gesuchten Elemente ist das Auftauchen eines Ungeheuers, eines Monsters, das, in welcher Gestalt auch immer, das Leben des einzelnen oder der ganzen Menschheit bedroht. *Fritz Lang* führt uns in das Laboratorium des genialen, aber wahnsinnigen Erfinders Rotwang, wo inmitten von Schalttafeln, Schwungrädern, Starkstromleitungen und auf- und niederkochenden Flüssigkeiten ein Maschinenmensch mit dem lebendigen Fleisch der gefangenen Heldin umkleidet wird, damit er nicht nur gehen, sondern auch denken und fühlen kann. Sein Handeln aber ist böse nach dem Willen seines Schöpfers; er hetzt die Arbeitermassen gegen ihre Herren zur Revolte auf. Erst mit seinem Ende kann der Zuschauer gewiß sein, daß das Gute siegt. Auch mit diesem Einfall hat *Fritz Lang* Schule gemacht: ohne rebellierende Roboter, feindliche Invasoren aus dem Weltraum oder gigantische Ungeheuer aus der Tierwelt kommt kaum ein SF-Film aus.

Der Zusammenstoß des Bösen mit dem Guten führt notwendigerweise zu einer Katastrophe, die je nach ihren Ausmaßen den Helden, eine ganze Stadt oder die gesamte Erde heimsucht. Auch dieses dritte Element eines SF-Films findet sich in „Metropolis". Dort kommt es zu einem gewaltigen Wassereinbruch in die Unterstadt, die der Regisseur mit insgesamt 138 verschiedenen Einstellungen in packende Bilder eingefangen hat. Die Spannung wird dadurch gesteigert, daß die Arbeiterkinder bei der allgemeinen Panik zurückgeblieben sind und in letzter Minute von der Heldin aus den tosenden Wasserstürzen gerettet werden müssen. In der Ausmalung von Katastrophen in Form von gewaltigen Kämpfen, entfesselten Naturgewalten und Weltuntergängen hat der SF-Film immer ein besonders wirksames Mittel gesehen, um Spannung zu erzeugen und den Zuschauer zu beeindrucken.

Der Schaulust verdankt die Gattung überhaupt die häufige Verwendung der drei bisher aufgezeigten Elemente: die futuristische Ausstattung, das Auftreten von Monstern und die Darstellung von Katastrophen läßt sich eben nirgends so eindrucksvoll zeigen wie im bewegten Bild, zumal wenn die technischen Hilfsmittel des Films, an ihrer Spitze die Trickaufnahme, unter Leitung eines einfallsreichen und versierten Regisseurs eingesetzt werden.

So ist man zunächst versucht, den SF-Film als vielleicht großartiges, aber doch lediglich auf Sensation zielendes Spektakel abzutun. In vielen Fällen ist das sicher berechtigt. Doch ist in solchen Filmen meist noch ein vierter Bestandteil vorhanden, der neben der Regie über seinen Wert oder Unwert entscheidet: die Botschaft. In *Langs* „Metropolis" geht es trotz aller Nebenhandlungen in erster Linie um den Aufstand der Tiefe gegen die Oberwelt, um die Auseinandersetzung zwischen den Arbeitssklaven und den Angehörigen der Herrenschicht. Von symbolischer Bedeutung ist deshalb am Schluß der Händedruck, den die beiden Vertreter der bisher feindlichen Klassen miteinander tauschen; er enthält das Versprechen auf eine bessere Zukunft. Schon bei *Lang* wirkt allerdings dieses versöhnliche Ende unglaubwürdig, und auch darin sind diesem ersten großen SF-Regisseur viele weitere Filme nachgefolgt. Die große Geste, der weise Ausspruch des Helden oder die feierliche Ansprache des Wesens vom anderen Stern wollen nicht so recht überzeugen, doch selten verzichtet ein SF-Film auf diese Verkleidungen für seine Botschaft. Der Mensch soll eine Warnung erhalten vor der zunehmenden Technisierung, vor dem Absinken in ein Massendasein, vor der frevelhaften Neugier der Wissenschaft oder der Verwendung von vernichtenden Waffen wie der Atombombe.

Während der deutsche Beitrag an SF-Filmen in der Stummfilmzeit quantitativ und qualitativ eindeutig an der Spitze steht, gibt es kaum nennenswerte Regisseure aus der Ära des Tonfilms, die diese Tradition weitergeführt haben. Die denkwürdigen utopischen Filme der letzten Jahrzehnte sind fast durchweg im angloamerikanischen Sprachbereich, in Japan und in Frankreich entstanden.

Aus dem Amerika der dreißiger Jahre stammen die klassischen Monsterfilme „Frankenstein" von *James Whale* (1931) und „King Kong" von *Schoedsack* und *Cooper* (1933). Die beiden hier auftretenden Ungeheuer und alle ihre zahlreichen Nachfahren bis zu der Riesenechse Godzilla aus Japan sind Ausgeburten einer „Katastrophenphantasie" *(Susan Sontag)*. Sie entfesseln gewaltige Zerstörungen und sind doch erst böse geworden durch die Schuld des Menschen – so lautet die Lehre dieser Filme.

Um die Verbreitung des Weltfriedensgedankens bemüht sich eine weitere Gruppe von billigeren amerikanischen Schwarz-Weiß-Filmen, die kurz nach dem zweiten Weltkrieg entstanden sind. Zu ihnen gehört „Der Tag, an dem die Erde stillstand" von *Robert Wise* (1951) und „Gefahr aus dem Weltall" von *Jack Arnold* (1953). Vor allem der erste ist „in seiner hohen satirisch pädagogischen Intelligenz wie keiner sonst den alten moralischen Utopien verwandt" *(Helmut Färber)*.

Die Verbreitung des Farbfilms führt zu einer Reihe von Verfilmungen berühmter SF-Romane des 19. Jahrhunderts. Die Serie prachtvoller Bilderbogen, die mit großem technischen Aufwand in Szene gesetzt werden, beginnt mit dem „Kampf der Welten" nach *H. G. Wells'* gleichnamigem Roman (1953, *Byron Haskin*). Eindrucksvollstes Beispiel bleibt aber wohl der *Walt-Disney*-Film „20 000 Meilen unter dem Meer" mit *James Mason* in der Rolle des Kapitän Nemo, wohl der tiefgründigsten Romangestalt *Jules Vernes* (1954, *Richard Fleischer*). Auf den französischen Vater der SF geht auch zurück „Die Reise zum Mittelpunkt der Erde" (1959, *Henry Levin*), während *H. G. Wells* Pate stand für „Die erste Fahrt zum Mond" (1958, *Nathan Juran*) und „Die Zeitmaschine" (1960, *George Pal*).

Im gleichen Jahrzehnt beginnt der japanische Regisseur *Inoshiro Honda*, ein ausgesprochener Spezialist, in schneller Folge Farbfilme zu produzieren, die technisch glanzvoll gemacht sind, durch ihre zügellose Phantastik, ihre simple Handlung und stereotype Personenzeichnung jedoch das Erhabene mit dem Lächerlichen verbinden. In „Rodan" (1957) erzeugen zwei riesenhafte Reptilien mit einer Flügelspannweite von 500 Fuß, die außerdem Überschallgeschwindigkeit erreichen, einen solchen Zyklon, daß der größte Teil Tokios in Trümmer fällt. „Phantom 7000" (1959) schildert eine Invasion durch fremde Planetenbewohner, die durch Atomkriege strahlenverseucht sind. In „Tauchfahrt des Grauens" (1964) geht es um den Kampf gegen das sagenhafte MU-Reich, das die Menschheit bedroht.

In jüngster Zeit zeigt sich nicht nur bei einzelnen Autoren das Bestreben, auf dem Gebiet der SF-Literatur Werke von künstlerischem Rang zu schaffen. Der gleichen Erscheinung begegnen wir in der Filmgeschichte der letzten zehn Jahre. Regisseure von Rang und Namen spüren offenbar zunehmend den Drang, phantastische und utopische Stoffe zu gestalten. Starke SF-Motive enthalten schon zwei Streifen *Alfred Hitchcocks*, des Altmeisters des Kriminalfilms: „Psycho" (1960) und „Die Vögel" (1962), die trotz ganz verschiedenartiger Thematik zur Gruppe des psychologischen Thrillers gehören. Einen bedeutenden Beitrag zur SF im Film hat *Stanley Kubrick* geleistet. 1963 entstand „Dr. Seltsam oder Wie ich lernte, die Bombe zu lieben", ein Film, in dem auf gespenstische Weise die Bedrohung unserer Welt durch die Atombombe und einen irrsinnigen Gelehrten gestaltet wird. Der technisch brillanteste utopische Film der letzten Jahre ist aber zweifellos „2001: Odyssee im Weltraum"(1965), vom gleichen Regisseur nach einem Buch von *Arthur C. Clarke* gedreht. Der Vorstoß einer Forschungsexpedition in den Weltraum unter Leitung eines Computers mit fast menschlichen Eigenschaften führt zu einer Konfrontation des Zuschauers mit seiner Vergangenheit und Zukunft, die vielleicht durch ihr mystisches Element fragwürdig wirkt, aber durch das Schwelgen der Kamera in bisher nie gesehenen Bewegungs- und Farborgien unvergeßlich bleibt. Glanzvoll in seiner technischen Perfektion, zugleich aber schockierend wegen seiner Brutalität, machte der letzte Film des Regisseurs von sich reden: „Uhrwerk Orange" (1971), die Darstellung jugendlichen Bandenlebens im Jahre 2000 und die Gehirnwäsche des Helden durch eine fortgeschrittene Medizin und Psychologie, die ihn zum hilflosen Opfer seiner nur auf subtilere Art grausamen Umwelt macht.

Als letztes sei an den Beitrag moderner französischer Regisseure zur Gattung des SF-Films erinnert. *Jean-Luc Godard* unternahm den erfolgreichen Versuch, einen der bekanntesten Agenten- und Detektivdarsteller als den Helden einzusetzen, der in einer völlig technisierten Welt den allmächtigen Super-Computer schachmatt setzt: „Lemmy Caution schlägt Alpha 60" (1965). Auf einen klassischen SF-Roman von *Ray Bradbury* stützt sich

François Truffauts Film „Fahrenheit 451" (1966), in dem die Auflehnung eines einzelnen Menschen gegen einen totalitären Staat geschildert wird, der in jedem gedruckten Buch seinen Erzfeind sieht. Von ganz anderer Art ist *Roger Vadims* „Barbarella" (1967), ursprünglich Heldin eines französischen Comic-Strips und Verfechterin sexueller Emanzipation der Frau im Weltraum. Die alptraumhaften Schauplätze, Gestalten und Ereignisse zeugen von einer morbiden Phantasie, die im Film kaum jemals zuvor solch ungeschminkten Ausdruck gefunden hatte. *Alain Resnais* schließlich treibt in „Ich liebe Dich, ich liebe Dich" ein hochintellektuelles Spiel mit verschiedenen Wirklichkeits- und Erinnerungsebenen, die dem Protagonisten durch ein technisches Gerät zuteil werden, das einer Mischung von Zeitmaschine und künstlichem Uterus gleicht.

c) Das Fernsehen

Gegenüber dem Beitrag solcher Filme erscheinen die SF-Fernsehserien, die in den vergangenen Jahren am deutschen Bildschirm zu sehen waren, flach und unbedeutend. (Alte SF-Filme werden allerdings zunehmend häufiger im Nachtprogramm der TV-Anstalten gezeigt.) Freilich errangen die Abenteuer des Raumschiffs Orion mit seinem Kommandanten Cliff McLane, der Sicherheitsbeamtin Tamara und der übrigen Crew einen gewaltigen Publikumserfolg. An technischer Raffinesse ließ die Folge „Raumpatrouille" freilich kaum zu wünschen übrig. Auch nutzte der Perry-Rhodan-Autor *Hans Kneifel* die Gelegenheit, um für den Verlag Moewig über 30(!) Taschenbücher zu produzieren, die den Leser mit einer Flut weiterer Orion-Abenteuer versorgte. Bei genauerem Zusehen enthält jedoch die von *Rolf Honold* und *W. G. Larsen* ins Leben gerufene Serie so ziemlich alle Elemente, die der SF den Vorwurf ihrer ideologischen Verhärtung eingebracht haben und die bei der Betrachtung der Perry-Rhodan-Gestalt bereits erwähnt wurden.

Eher noch dürftiger erschien die aus dem Amerikanischen übernommene Folge „Invasion von der Wega". Sie war bereits in den fünfziger Jahren von *Larry Cohen* unter dem Titel „The Invaders" ohne großen technischen Aufwand gedreht worden und erschöpfte sich in einer stereotypen Wiederholung des gleichen Handlungsschemas: ein Einzelgänger versucht die Öffentlichkeit auf die bereits im Gange befindliche Invasion aus dem Weltraum aufmerksam zu machen, scheitert aber bis zum wenig überzeugenden Ende an seiner Mission. Durch ihre faschistische Tendenz und ihre eintönige Machart fiel die aus England stammende Serie „UFO" auf. Die amerikanischen Reihen „Time Tunnel" und „Raumschiff Enterprise", die ebenfalls in den Jahren 1971 und 1972 im deutschen Fernsehen gezeigt wurden, boten keine bemerkbare Qualitätsverbesserung. Als einzige deutsche Produktion wagte es die Serie „Alpha Alpha" mit den Importstreifen in Konkurrenz zu treten. Wolfgang F. Henschel als Autor und Regisseur schickte seinen vom Mathematiklehrer zum Spitzenagenten aufgestiegenen Helden (dargestellt von Karl Michael Vogler) in allerlei unwahrscheinliche und stümperhaft inszenierte Abenteuer unter dem Kennwort „Bedrohung der Erde und Rettung in letzter Sekunde".

Den erfreulichsten Lichtblick stellte demgegenüber das Fernsehstück „Das Millionenspiel" von *Wolfgang Menge* und *Tom Toelle* dar, das auf eine Kurzgeschichte *Robert Sheckleys* zurückgeht und mit Recht den Prix Italia 1971 erhielt. Die siebentägige Jagd auf einen sorgsam getesteten Kandidaten durch ein Killer-Trio mit der Übertragung des „show-down" durch 24 Kameras aus einer überfüllten Halle war nicht nur wegen der hervorragenden Inszenierung von atemloser Spannung, sondern übte zugleich deutlich Kritik an der Faszination des Bildschirms und an der Sensationslust der Zuschauermassen.

Beachtenswert durch Drehbuch, Regie und Farbdekors war der 1971 von Dieter Waldmann geschriebene und von Peter Beauvais gestaltete zweiteilige Fernsehfilm „Dreht euch nicht um, der Golem geht rum oder Das Zeitalter der Muße". Alexander Kluge bot in „Willi Tobler und der Untergang der 6. Flotte" eine geistreiche Persiflage menschlicher Verhaltensformen: Krieg und Mitläufertum werden auch in Zukunft aktuell bleiben.

d) *Die Bühne*

Bühnenwerke mit ausgesprochenen SF-Stoffen sind im Gegensatz zu den bisher betrachteten Medien Funk, Film und Fernsehen verhältnismäßig selten anzutreffen. Erst im 20. Jahrhundert tauchen auf dem Theater Stücke mit Handlungen und Problemen auf, wie sie typisch für die SF-Literatur sind. Insbesondere der Expressionismus als literarische Epoche besitzt von Natur aus eine gewisse Affinität zur naturwissenschaftlich-technischen Utopie unter Betonung ihrer sozialen Aspekte. Die folgenden exemplarischen Beispiele für SF auf der Bühne wurden mit Bedacht ganz verschiedenen Sprachräumen entnommen.

Am Ende des ersten Weltkriegs entstand die „Gas"-Trilogie des deutschen expressionistischen Dichters *Georg Kaiser* (1878–1945) mit den drei Teilen „Die Koralle" (1917), „Gas I" (1918) und „Gas II" (1920). Die Stücke zeigen Aufstieg und Untergang des „neuen Menschen" und behandeln damit ein Thema, das für Kaiser im besonderen und für den Expressionismus im allgemeinen typisch ist. „Gas" ist ein neuer geheimnisvoller Stoff, der als Antriebsmittel für alle Maschinen auf der Erde unentbehrlich wird. Er kann aber auch für die Herstellung schrecklicher Kriegswaffen verwendet werden. Die stärksten SF-Elemente weist der dritte Teil auf: die Herren des „Gases", „Blaufiguren" genannt, geraten in einen erbitterten Kampf mit den „Gelbfiguren" unter Führung des Großingenieurs. Nachdem die Werke erobert sind, verwirklicht der Großingenieur seinen Plan, nunmehr „Giftgas" herzustellen. Die aufgeputschten Massen entscheiden sich für ihre eigene Vernichtung, obwohl der Held für Frieden und Humanität eintritt und sein Leben opfert.

„‚Gas II' zeigt wie ‚Gas I' die drohende und verderbliche Macht einer von ihrem menschlichen Ursprung entfernten technischen Leistung – unserem Zeitalter nur zu vertraut, auch wenn die weltweite Gefahr nicht ‚Gas', sondern ‚Atombombe' heißt. Kaiser hat die ungeheure Gefährdung des Menschen klar erkannt und mit expressionistischem, mahnendem Pathos ausgesprochen." *(Hermann Glaser)*

1923 kam unter Leitung des berühmten Regisseurs *Max Reinhardt* in Berlin das Theaterstück „R. U. R." des tschechischen Dichters *Karel Čapek* (1890–1938) heraus, das zu einem der größten Bühnenerfolge dieses Jahrzehnts wurde. Es ist schon deshalb bemerkenswert, weil in diesem Drama das Wort „Roboter" (tschech. ‚robota' = Zwangsarbeit) zum ersten Male auftaucht und von dort in alle Weltsprachen Eingang findet. Die Abkürzung „R. U. R." bedeutet „Rossums Universal Roboter" und bezeichnet ein Riesenwerk, auf einer Insel im Ozean gelegen, von wo künstliche Menschen in großen Mengen in alle Welt versandt werden, um alle niedrigen Arbeiten zu verrichten. Die europäischen Staaten führen jedoch bald Kriege mit Roboterheeren, bis eines Tages einige Androiden mit größerem Gehirn und menschenähnlichem Wesen die Führung an sich reißen und ihrerseits den Menschen den Krieg erklären. Die ganze Menschheit findet den Tod bis auf einen Künstler. Er sucht verzweifelt nach Überlebenden und ist erst getröstet, als er feststellt, daß zwei der neuen künstlichen Menschen, ein Mann und ein Mädchen, sich lieben und die Fortdauer des Lebens auf der Erde sichern.

„Der Ausgang des Dichters vom Einfall, nicht von der Gestaltung liegt auf der Hand, ebenso das Übereinander von Zukunftsvision und Gegenwartsbild. Die Zustandsschilderung überdeckt die Dramatik; das Ganze aber ist so sauber und geschickt aus lebendigem Szeneninstinkt hingestellt, daß es zu den wesentlichen Bereicherungen des Theaters nicht nur jener Zeit gehört." *(Paul Fechter)*

Eine Fülle von utopischen Elementen, einschließlich ausgesprochenen SF-Motiven, enthält das Werk des englischen Dramatikers *George Bernard*

Shaw (1856–1950). Das gilt vor allem für seinen aus fünf Einzeldramen bestehenden „metabiologischen Pentateuch" mit dem Titel „Zurück zu Methusalem" (1921), eine Geschichte der Menschheit vom Sündenfall über die unmittelbare Gegenwart bis zum Jahr 31 920 n. Chr. Dieses riesige Bühnenwerk enthält *Shaws* Philosophie von der Wirksamkeit einer geheimnisvollen Lebenskraft, die zur Entwicklung von langlebigen Übermenschen führt, die im Alter von 20 Jahren bereits voll entwickelt einem Ei entschlüpfen.

> „Die göttliche life force, von der der Mensch durch die Hinwendung zum Tod abgefallen ist, steigert den Menschen auf dem Weg der Evolution zu einem Übermenschen. Dieser findet als reines Geistwesen wieder zur life force zurück und erkennt damit die ‚Wahrheit' des Lebens. Ziel dieser Evolution ist die Befreiung des Lebens von den Fesseln der Materie." *(Rüdiger Reitemeier)*

Ein Bekenntnis zum Leben trotz aller Skepsis gegenüber der modernen Zivilisation enthält auch das Stück „Insel der Überraschungen" (1934), in dem aus einem Züchtungsexperiment zwischen europäischen und indischen Eltern Kinder hervorgehen, die eine Vermählung des westlichen mit dem östlichen Geist darstellen sollen. Sie sind jedoch ihrer Aufgabe nicht gewachsen und werden beim Jüngsten Gericht vernichtet.

Schließlich bietet die letzte abendfüllende Komödie des Dichters „Weit hergeholte Geschichten" (1950) eine Szenenfolge aus der „Gegenwart und der möglichen Zukunft" nach dem Atomkrieg, die als „absurde Parodie" auf „Zurück zu Methusalem" aufgefaßt werden kann.

Unser letztes Beispiel für ein Bühnenwerk mit SF-Motiven ist die Oper „Hilfe, Hilfe – die Globolinks" von dem noch lebenden Komponisten *Gian-Carlo Menotti* (geb. 1911), die im Jahr 1968 in der Hamburger Staatsoper aufgeführt wurde und zweimal im deutschen Fernsehen erschien. *Menotti* ist italienischer Abstammung, lebt und wirkt aber schon lange Jahre in den Vereinigten Staaten als namhafter Vertreter moderner Opernkunst. Bei den Globolinks handelt es sich um grotesk aussehende Invasoren aus dem Weltraum. Sie treten in der Nähe einer Internatsschule auf und verbreiten Schrecken bei Jung und Alt, bis sich herausstellt, daß sie nur durch ein Mittel zu vertreiben sind, nämlich durch Musik. Der kompositorische Reiz der Oper beruht auf dem Kontrast zwischen den unheimlichen, disharmonischen Tönen elektronischer Musik, die das Auftauchen der Globolinks begleiten, und dem reizvollen Klang der Melodien, die von den Kindern unter Leitung ihrer Musiklehrerin gespielt werden und dem außerirdischen Spuk ein Ende bereiten. Dieser glückliche Einfall wird auf überzeugende Weise durchgeführt und macht diese Oper zu einem inhaltlich wie kompositorisch leicht verständlichen und volkstümlichen Werk.

Damit sei diese Überschau abgeschlossen. Sie zeugt nicht nur von der Vielfalt der Erscheinungsformen moderner Science-fiction, die von den Niederungen des Trivialen bis zu Werken mit eindeutig künstlerischem Charakter reichen; sie gibt auch Einblick in einen inneren Gesinnungswandel, der die einstmals allgemein verachtete Gattung für ein anspruchsvolles Publikum anziehend gemacht hat. Man tut auf alle Fälle gut daran, die weitere Entwicklung aufmerksam zu verfolgen.

F. L.

III. Äußerungen über die Science-fiction

1. Die SF im Verständnis der SF-Verlage

(1) Achtung! Hochspannung! Vier explosive Utopia-Zukunfts-Storys in einem Band! Sie werden gefesselt sein! Vier Kurzgeschichten, vier Volltreffer! (Pabel)

(2) Das kosmische Zeitalter hat begonnen – und das neue Ziel der Menschheit sind die Sterne! Was erwartet uns in der Unendlichkeit des Raumes? Die sensationelle Weltraum-Serie PERRY RHODAN schildert das größte Abenteuer der Menschheit. Hier entstand der einzigartige Romanzyklus von einer gigantischen Zukunftsvision. (Moewig)

(3) Visionen der Zukunft. Phantastische, grausame, lustige, erschreckende, spannende Visionen der Zukunft. (Editions Rencontre)

(4) Die Science Fiction Literatur hat sich profiliert. Heute gehört sie zur Avantgarde. Antiquiert ausgedrückt: SF ist „salonfähig" geworden. Science Fiction ist „in". Auch in Ihrer Buchhandlung. (ebd.)

(5) Science Fiction: Das ist die totale Spekulation. Mit Raum und Zeit. Mit Kulturen, Zivilisationen und Philosophien. Vor den Dimensionen der Unendlichkeit werden Erde, Planeten und Sonnensysteme zu winzigen Relativitäten. Hier wird Antwort auf die fordernde Frage gesucht: Was kommt nach dem Atomzeitalter, was nach der vorstellbaren Zukunft? Science Fiction will das Bewußtsein erweitern, um das Unfaßbare zu beschreiben, die Zeit nach unserer Zeit. (Ullstein)

(6) Die Welt von morgen – die besten Zukunftsromane aus Deutschland, Amerika, England, Frankreich, Sowjetunion u. a. (Weiß)

(7) Zweifellos ist Science Fiction, wie sie das Heyne-Taschenbuch bringt, dem modernen Menschen die adäquate Form der Unterhaltungsliteratur. Sie gibt ihm die Möglichkeit, neben Attributen exzellenter Entspannung das Unglaubliche zu erleben, das morgen schon Realität sein kann. (Heyne)

(8) Goldmanns Weltraumtaschenbücher sind eine moderne Buchreihe, in der die Probleme unserer technisierten Welt ihren Ausdruck finden. In diesen Werken werden keine haltlosen Phantastereien vermittelt, sondern wissenschaftlich begründete Ausblicke in die Welt von morgen. (Goldmann)

(9) Für alle, die einen Sinn haben für das Phantastische in der Domäne

der Technik und für das Technische in der Domäne der Phantasie. (Diogenes)

(10) ... schockierend, phantastisch, ironisch, makaber und hintergründig, dem Kenner empfohlen zu zerebraler Gymnastik, dem Liebhaber von Reisen durch Raum und Zeit als angenehme Reiselektüre. (Lichtenberg)

(11) Hier verschmelzen das freie Spiel der Phantasie mit methodisch unangreifbaren Exkursen für strenge Denker und intellektuelle Leser. (M.-v.-Schröder)

2. Versuche einer Begriffsbestimmung

(12) Zur Science Fiction ist zu rechnen, was die Verlage unter diesem Namen auf den Markt werfen. *(Pehlke-Lingfeld)*

(13) Science-fiction handelt von den menschlichen Problemen, den Konflikten und Abenteuern, die aus den wissenschaftlichen Entdeckungen der Zukunft entstehen. *(Encyclopaedia Britannica)*

(14) Im Grunde genommen ist Science-fiction ein ernster Versuch, die Zukunft vorauszusagen, und zwar auf der Basis von bekannten Tatsachen, die vornehmlich aus den zeitgenössischen naturwissenschaftlichen Laboratorien stammen. *(Campbell, Jr.)*

(15) Die Grenze zwischen Utopie und Science Fiction [...] ist schwer zu ziehen. Die utopischen Romane richten sich häufig satirisch gegen die bestehenden Staatsformen und ihre sozialen Verhältnisse und zeigen gleichzeitig einen Idealstaat auf. [...] Die Science Fiction hingegen stellt technische Entwicklungen in den Vordergrund. Sie schildert Abenteuer in einer auf naturwissenschaftlich-technischer Grundlage phantasievoll ausgemalten Zukunftswelt. *(Swoboda)*

(16) Eine Science-Fiction-Story setzt eine Technologie oder eine technologische Auswirkung oder eine Störung der Naturgesetze voraus, wie sie die Menschheit bis zum Zeitpunkt der Niederschrift noch nicht besitzt oder erfahren hat. *(Crispin)*

(17) Eines ist deutlich: die Science Fiction ist an erster Stelle eine Beschreibung der technischen Fortschritte in einer nahen oder fernen Zukunft, wie sie infolge der technischen Erfindungen der Gegenwart erwartet werden können. *(van Loggem)*

(18) [Die SF ist] eine Literatur, die das Feld des Möglichen erkundet, den Einblicken entsprechend, die uns die Wissenschaft gönnt. – Es handelt sich hier um Phantastik in einem wissenschaftlichen Rahmen. *(Butor)*

(19) Science Fiction ist jener Zweig der phantastischen Literatur, der

sich durch die Tatsache identifizieren läßt, daß er beim Leser die willentliche Unterdrückung des Unglaubens erleichtert, indem er eine Atmosphäre wissenschaftlicher Glaubwürdigkeit schafft für seine imaginativen Spekulationen in Physik, Weltraum, Sozialwissenschaften und Philosophie. *(Moskowitz)*

(20) Eine Science-Fiction-Geschichte ist eine Geschichte, die den Menschen als Mittelpunkt sieht, ein menschliches Problem behandelt und eine menschliche Lösung bietet, die aber ohne ihren naturwissenschaftlichen Gehalt überhaupt nicht zustande gekommen wäre. *(Sturgeon)*

(21) Nachdem die Science Fiction heute als arriviert angesehen werden kann, darf ich wohl die Feststellung wagen, daß sie die legitime, selbständige Nachfolgerin des Märchens, der Zauber-, Gespenster- und Gruselgeschichte geworden ist. *(Naujack)*

(22) Es scheint so, daß die S.-F. die Mythologie unserer Zeit in gemäßer Form verkörpert, einer Form, die nicht nur imstande ist, grundlegend neue Themen ans Licht zu bringen, sondern außerdem den gesamten Themenschatz der älteren Literatur in sich aufzunehmen. *(Butor)*

3. Poetologische Ansätze

(23) Ich für meinen Teil sehe drei Haupttypen: die „gadget story", die „concept story" und die „character story". *(Campbell, Jr.)*

(24) „Science fiction proper" [ist] eine nahezu Schritt für Schritt vorgehende Entwicklung von Möglichkeiten aufgrund bekannter naturwissenschaftlicher oder gesellschaftlicher Daten [...]. „Science fantasy" kann sich unmittelbar einer jeden Annahme bedienen, die für die Geschichte notwendig sein mag, sei sie noch so weit hergeholt. *(Encycl. Brit.)*

(25) Ich [...] trenne „Fantasy" von „Science-fiction" – eine Aufgabe, die wenig mehr als die Bemerkung erfordert, daß Science-fiction [...] Achtung vor Tatsachen oder vorgeblichen Tatsachen hat, während „Fantasy" darauf zielt, sie zu verspotten; anstelle von Robotern, Raumschiffen, Techniken und mathematischen Gleichungen verwendet sie Elfen, Besenstiele, okkulte Kräfte und Zauberformeln. *(Amis)*

(26) Die Science-fiction, die vor allem eine prospektive Literaturgattung ist und die unmittelbare Gegenwart in Begriffen der Zukunft, nicht der Vergangenheit behandelt, benötigt Erzähltechniken, die ihre Thematik reflektieren. Bis heute versagen alle ihre Autoren [...], weil sie nicht erkennen, daß die primäre Erzähltechnik retrospektiver Prosa: das folgerichtige und fortlaufende Erzählen, das nun einmal auf einem bereits feststehenden

Komplex von Ereignissen und Beziehungen basiert, gänzlich ungeeignet ist, die Bilder einer Zukunft zu erschaffen, die noch nicht auf uns gekommen ist. *(Ballard)*

(27) Nur in der Science Fiction ist eine ganz besondere schöpferische Freude an der genauen Gestaltung des Hintergrundes möglich. Hätte die Science Fiction keine andere Rechtfertigung, – dies wäre genug; denn sicherlich kann man nicht mehr von einem speziellen Zweig der Literatur verlangen, als daß er ein spezifisch neues und einzigartiges Vergnügen bereitet. *(Asimov)*

(28) Die Charaktere in einer Science-Fiction-Story werden gewöhnlich nicht so sehr als Individuen denn als Vertreter ihrer Gruppe behandelt. Sie sind Schablone-Männer und Schablone-Frauen, aus dem einfachen Grund, daß andernfalls die anthropozentrischen Gewohnheiten unserer Kultur uns zwingen würden, ihnen beim Lesen zuviel Aufmerksamkeit zu schenken und das auf Kosten der Aufmerksamkeit, die den nicht-menschlichen Kräften und Faktoren als den eigentlichen dramatis personae der Science-Fiction-Story gebührt. *(Crispin)*

(29) Während man sich vor 30 Jahren [= 1935], um ein allgemeines Problem zu erörtern, des historischen Romans bediente, so bedient man sich heute eher dessen, was ich [...] als Science Fiction bezeichne. In der Science Fiction kann man die Umstände, die man untersuchen will, isolieren. *(Amis)*

4. Theoretische Ordnungsversuche

(30) Wichtig ist zunächst noch immer, Vorurteile gegen diese Art Literatur abzuweisen. Außer Zweifel steht, daß Science-Fiction eine legitime und die aktuellste Spielart unterhaltender Literatur ist. Die Leser kommen bei ihr auf ihre Kosten, finden Lesevergnügen, das von handfester Ereignisspannung bis zum raffinierten intellektuellen Spiel reicht. Und es läßt sich wohl kaum daran zweifeln, daß Science-fiction gesellschaftliche Funktion hat, daß sie das durchschnittliche, alltägliche, quantitativ dominierende Vorstellen und Denken in eine Richtung lockt, die zeitgemäß erscheint. Das gibt ihr Relevanz, ähnlich dem Kriminalroman im 19. Jahrhundert, doch schon auf einer anderen Ebene. Wie dieser ein Produkt der wissenschaftlich-technischen Zivilisation, ist Science-fiction das neuere, farbigere und deshalb in vielem attraktivere Medium. Und indem Science-fiction unterhält, gibt sie ein Gefühl dafür, was es heißt, statt von Gewißheiten her sich die Zukunft als das Produkt unabsehbarer Möglichkeiten vorzustellen. *(Vormweg)*

(31) Die Fähigkeit sich zu wundern, sich kenntnisreich, vernünftig und zielgerecht zu wundern, ist [...] was Science-fiction ausmacht: keine faulen Tricks und kein Klimbim, keine Monsterwesen und keine Supermänner, sondern erlerntes und geübtes Staunen – erzogene und disziplinierte Einbildungskraft – ein wundersamer Spiegel für den modernen Menschen und die Welt, die er erst zu erschaffen beginnt. *(Merril)*

(32) In der naturwissenschaftlich-technischen Utopie verraten sich zuerst und am deutlichsten die eigenständigen Faktoren, die das utopische Denken antreiben, die Tendenzen, die in ihm wirksam sind, die Richtung, in der es sich bewegt. Die Abkehr von traditionellen Formen der Begegnung und Auseinandersetzung mit der Wirklichkeit, die Emanzipation vom religiösen Denken, die Transformation des Zeit- und Zukunftsbewußtseins – der Entstehungsprozeß des modernen abendländischen Bewußtseins [...], dessen Teil und Träger die Utopie ist, kann so unter einem neuen Aspekt aufgehellt, in manchen Teilen überhaupt erst sichtbar gemacht und vor Mißdeutungen bewahrt werden. *(Schwonke)*

(33) Die Science-fiction ist die sehr weitläufige Gattung der technisch-prognostischen Utopie, die sich von ihren sozialreformatorischen Vorgängern in zweifacher Hinsicht unterscheidet: Sie geht nicht mehr von den in weiser Gesetzgebung niedergelegten Prinzipien und Maximen aus, dem Entwurf einer Idealstruktur, sondern zeichnet ihr Zukunftsbild aufgrund von Leistungen von Naturwissenschaft und Technik. Sie will den Eindruck von Realismus vermitteln, aber nicht, indem sie eine in sich abgeschirmte Gegen-Welt errichtet, sondern indem sie die Wirklichkeit in ihren Linien verlängert, eine Prognose abgibt für den Fortgang und das Ergebnis von Prozessen, die in der Gegenwart ihren Ausgang nehmen. *(Diederichs)*

(34) Zu den Bedingungen der Gestalt und des Wandels des utopischen Bewußtseins und damit des abendländischen Denkens überhaupt gehört das Zusammentreffen der Wunschkomponente mit den spezifisch wissenschaftlich-technischen Denkweisen. Durch Wissenschaft und Technik werden „Irrealwünsche" erfüllbar. Die fiktive Wunscherfüllung, die die Utopie ausmalt, gibt nicht wie im Märchen schon durch die Formel „Es war einmal" den Anspruch auf, für das konkret-gegenwärtige Leben gültig zu sein, sondern wird zum Gegenstand berechtigter Hoffnungen für die Zukunft. So sinnvoll es in mancher Hinsicht ist, Märchen und technische Utopie nebeneinanderzustellen, in diesem Punkte besteht ein grundlegender Unterschied. *(Schwonke)*

(35) Science Fiction im strengen Sinn ist jedoch nicht mit dem technischen Zukunftsroman zu verwechseln: sie ist in ihren reinen Formen wortwörtlich ‚naturwissenschaftliche Literatur'; sie ist nicht an *technischen*

Wunderleistungen interessiert – diese werden als Selbstverständlichkeiten behandelt; sie ist Teil des Fortschritts der modernen Physik, Astronomie, Biologie etc. Mit ihrem naturwissenschaftlichen Grenzwissen stellt sie in popularisierter Weise das „philosophische Axiom der Einzigkeit der Wirklichkeit" [*G. Günther*] in Frage und spekuliert mit den Möglichkeiten auf der Basis des heutigen wissenschaftlichen Weltbildes (das noch längst nicht allgemeines ‚Bildungsgut' ist). Die Science Fiction stößt gewissermaßen als kommentierender Hofnarr und manchmal sogar als Hofphilosoph gemeinsam mit den Naturwissenschaften bis an deren Grenzen vor. *(Krysmanski)*

(36) In vieler Hinsicht ist die Science-fiction die ideale Literatur für unsere Zeiten. Gerade weil sie von der Zukunft handelt, kann sie die Gegenwart vollständiger analysieren; eine Untersuchung darüber, wo irgendeine kulturelle Entwicklung schließlich endet, kann enthüllender sein als eine Kritik am status quo. Darüberhinaus leben wir ja im Zeitalter der ‚großen Furcht', und mehr und mehr drängt sich mir die Vermutung auf, Schriftsteller seien empfänglicher für die Furcht als irgendeine andere Gruppe. *(Crossen)*

(37) In früheren Zeiten hat die Wucht des drohenden Schicksals Visionäre und Apokalyptiker auf den Plan gerufen. Die Rolle, die ehemals die Weissagungsbücher und Apokalypsen spielten, ist in unserer Zeit nicht ergriffen worden, – es sei denn in irgendwelchen esoterischen Zirkeln. An ihre Stelle ist ein anderes literarisches Genus getreten. Ich meine die Zukunftsromane [...]. Es sind Bücher, die den erregenden Versuch wagen, die geistigen und seelischen Entwicklungen des Menschen der letzten fünfzig, hundert Jahre weiterzuziehen und zu Ende zu denken, um dem Menschen von heute den Spiegel des Menschen von morgen vorzuhalten, – damit er sich noch rechtzeitig besinne und einer Entwicklung haltgebiete, die nur ins Chaos führen kann. *(Bacht)*

(38) In der reichhaltigen und erstaunlichen Literaturgattung der ‚Science Fiction' zeichnet sich das Abenteuer eines Geistes ab, der seine Jugendzeit überwunden hat, sich zur Größe unseres ganzen Planeten ausbreitet, sich auf Überlegungen von kosmischem Maßstab einläßt und auf eine neue Weise das Schicksal der Menschheit in den weiten Raum des Universums eingliedern will. *(Pauwels-Bergier)*

(39) Was für die Gegenwart über die naturwissenschaftlich-technische Utopie gesagt werden kann, betrifft das utopische Denken überhaupt. Politisch-soziale und naturwissenschaftlich-technische Utopie wachsen aufeinander zu, ihre Probleme verschmelzen sich, seitdem es für das abendländische Denken eine durch lebendige Erfahrung gewonnene Selbstver-

ständlichkeit ist, in einem durch Technik gestalteten Aktionsraum [...] zu leben. *(Schwonke)*

(40) Die Science Fiction ist [...] keineswegs die natürliche Fortentwicklung des traditionellen Staatsromans, wie das die bisher wichtigste deutsche Arbeit über diesen Gegenstand [*Schwonke*] andeutet. Abgesehen davon, daß in ihr etwas vom „uralten Abenteuerroman fortlebt", steht sie in keiner echten europäischen Tradition. Vor allem die Verbindung zum technischen Fortschrittsdenken des 19. Jahrhunderts scheint verfehlt. In der amerikanischen Science Fiction finden wir eine Tendenz, die wir mit dem Wort ‚Ausdehnungsdenken' umschreiben können; die ‚doors of perception' *(A. Huxley)* werden nach allen Seiten aufgestoßen; eine gradlinige Zukunftsgerichtetheit ist, angesichts der vielen Zeit- und Dimensionsexperimente, nicht festzustellen. *(Krysmanski)*

(41) [Es ist] kein Zufall, daß halluzinogene Drogen wie Haschisch und LSD eine so wichtige Rolle spielten, als die psychedelische Malerei und Musik enstanden. Denn diese Drogen fördern Regressionen, regen die Traumtätigkeit an, produzieren visionäre Bewußtseinszustände, die über das vom Wachzustand des Alltags Gewohnte hinausgehen. So wie die SF-Geschichten den Rahmen des Irdischen sprengen, indem sie uns in ferne Zeiten und Welten versetzen. Indem sie uns mit außerirdischen Lebewesen konfrontieren, die verblüffend den Fabelgeschöpfen der kindlich-ursprünglichen Märchenwelt ähneln – aber auch den Kreaturen, die uns in Träumen und Drogenräuschen begegnen können. *(Vom Scheidt)*

(42) Das mythische Märchen hat eine doppelte Funktion: es dient wie jeder fiktionale Bericht dem naiven Unterhaltungsbedürfnis und kann ohne weitere Hintergedanken als unverbindliches Spiel der Phantasie genossen werden. In diesem Sinn werden diese Geschichten von der erdrückenden Mehrzahl aller Leser und Hörer aufgenommen. Einem reiferen Blick aber enthüllt das mythische Märchen eine tiefere Bedeutung. Es umschreibt in einer naiv-anschaulichen Erzählweise die elementaren Grenzbedingungen aller menschlichen Existenz – für ein bestimmtes historisch-kulturelles Niveau des Menschen. *(Günther)*

(43) Während die [sich erneuernde] Theologie den antimythischen Grundzug biblischer Aussagen statuiert und biblische Erzählungen entmythologisiert, wird andererseits nach neuen Mythen – oder auch nur nach neuen Gewändern für die alten – mit Fleiß gesucht. Apokalyptische Furcht, chiliastische Hoffnung, Sehnsucht nach Transzendentem drücken sich in neuen Formen aus, werden als Möglichkeiten auch des modernen Menschen erkannt und propagiert. So findet man sie in zunehmendem Maß auch als Themen und Tendenzen in der „Science Fiction", einem Bereich

der Trivial- und Unterhaltungsliteratur, der zumindest im allgemeinen Bewußtsein lange Zeit als von strenger Diesseitigkeit bestimmt galt. *(Schwanecke)*

5. Kontroversen – Ideologiekritik

(44) Man kann in den Science-Fiction-Autoren nicht mehr widersinnige Phantasten erblicken. Ihre Phantasien besitzen ein prophetisches Element, und ich bin der Überzeugung, daß ihrem stetig steigenden Erfolg die Umwälzung im Geistesleben der Menschheit zu verdanken ist. *(Van Loggem)*

(45) [...] das Fachidiotentum, das sich in moderner Science Fiction breitmacht, ist nicht nur obskurer Herkunft, sondern zeugt von bewußter Regie, unter der es hergestellt und verbreitet wird. Propagiert wird allemal Ignoranz, Undurchschaubarkeit des gesamtgesellschaftlichen Fortschritts, straffe Arbeitsteilung, um jede öffentliche Kontrolle der Verwertung von Technik und Wissenschaft zu unterbinden. *(Pehlke-Lingfeld)*

(46) Die meisten Darlegungen und Werthaltungen der Science Fiction verlaufen in den gleichen Kategorien, die unsere Gesellschaft kennt. Heute scheint aber nur diejenige Literatur die Probleme der Gesellschaft wahrhaft zu gestalten, die gleichzeitig in der äußersten kritischen Distanz zu den Kategorien der Gesellschaft steht. Science Fiction, die das nicht vermag, gleitet [...] ab in die Trivialität. *(Diederichs)*

(47) Triviale Science Fiction hat ihr Kainsmerkmal darin, daß sie ihren Lesern schon das Bewußtsein von einer vernünftigen Zukunft austreibt. Das meint nicht jenen warnenden Pessimismus, dessen sich die negativen Utopien bedienen, sondern den geifernden Optimismus, dem Zukünftiges nichts Neues ist. *(Pehlke-Lingfeld)*

(48) Das Verdikt der Trivialität gegen eine ganze Gattung auszusprechen, ist eine mißliche Sache. Vor allem, wenn sie wie die utopische Literatur die unterschiedlichsten Zielsetzungen, Formen, Stoffe, Erzählhaltungen in sich einschließt, wenn sie das Utopische einmal als Impuls und einmal als Widerstand, als endliche Fiktion und als ‚innere Schreibweise', als planmäßiges Konstruieren und, in der Mehrzahl, als bloß rudimentäres Beschreiben auffaßt. Tendiert Science Fiction schlechthin zum Trivialen? *(Diederichs)*

(49) Allen Beteiligten – Autoren, Redaktion, Verlag – schwebte von Anfang an vor, eine Serie zu schaffen, die eine mögliche Entwicklung der Menschheit in die fernste Zukunft aufzeigen – und die unterhalten soll. Sie sollte offen und versteckt heutige Mißstände kritisieren – kleinliche natio-

nalistische Denkweisen, politische Großmannsucht, unsinnige Kriege – und ihnen ein humanitäres astropolitisches Menschheitsmodell entgegensetzen. Bei *Perry Rhodan* gibt es keine Diskriminierung von Rassen und Völkern. Eine völlige Glaubensfreiheit ist selbstverständlich, und jede Art von Diktatur wird abgelehnt. Das kommt in jedem Roman zum Ausdruck. Kriegerische Auseinandersetzungen gibt es nur nach Ausschöpfung aller, aber wirklich aller diplomatischen und friedlichen Möglichkeiten, und dann nur zum Schutz aller vereinten intelligenten Lebewesen des besiedelten Alls. Niemals werden militärische Eroberungen gemacht. Immer wieder wird aufgezeigt, daß der technische Fortschritt in allererster Linie der Sicherung des sternenweiten Friedens und der weiteren friedlichen Erforschung des Kosmos zu dienen hat. [...] Der Erfolg beweist, daß die Leser begriffen haben, worum es Verlag und Autoren ging: etwas Neues, Einmaliges zu schaffen. Man weiß, daß es gelungen ist! *(Moewig-Verlag)*

(50) Wie man diesen Automatismus sich überschlagenden literarischen Erfindergeistes in bewußte Regie nehmen kann, demonstrieren Lektoren und Autoren der „Perry-Rhodan"-Serie. [...] Was sich in Moewigs Redaktionsstuben wie Generalstabsarbeit ausnimmt, diktiert der Science Fiction auch dann objektiv die Entwicklung, wenn ambitionierte Autoren versuchen, dem Teufelskreis sich überbietender Phantastik zu entrinnen. Wenn überhaupt irgendwo, dann hat jene Warenästhetik, von der allenthalben gemunkelt wird, in der Science Fiction längst ihre Herrschaft angetreten. Science Fiction, die es besser machen will, hat sich mit dieser sozusagen immanenten Tendenz der Gattung auseinanderzusetzen. Wenn Science Fiction tatsächlich die zeitgemäße Form der Unterhaltungsliteratur ist, steht es schlecht um Zeit und Unterhaltung. Nicht nur ist ihr vorzuwerfen, daß sie sich in der Regie cleverer Verlage ihrer hochtrabenden Programme entledigt hat, sondern daß sie mit deren Attraktivität hausieren geht. *(Pehlke-Lingfeld)*

(51) Dieter Hasselblatt: „Herr Kneifel, Sie geben mir das Stichwort Unterhaltungsliteratur: Zwei Fragen: Ich meine in Science Fiction eine deutliche Tendenz, ein Engagement für die Ideale zu finden. Es sind die Ideale der Humanität, der Verständigung, der Toleranz, der risikobereiten Persönlichkeit ..." Hans Kneifel: „Das erscheint mir sehr wichtig, gerade diese risikobereite Persönlichkeit ..." Dieter Hasselblatt: „Und ich meine, daß das auch gerade in Ihren Romanen zum Ausdruck kommt." *(Gespräch im Deutschlandfunk)*

(52) Manchmal hau' ich so ein Ding in fünf Tagen zusammen! (*Hans Kneifel*, Perry-Rhodan-Autor, in der Zeitschrift „Konkret")

(53) Es scheint so, als hätte die S.-F. aus dem Kuchen nur die Rosinen

gepickt. Es kam ihr alles zu sehr entgegen; es genügte, von Marsbewohnern zu sprechen, um der leidenschaftlichen Anteilnahme des Lesers sicher zu sein. Jedoch in nicht ferner Zukunft wird der Leser daraufkommen, daß die Mehrzahl dieser Ungeheuer trotz ihrer Drachenkämpfe, ihrer Fangarme und ihrer Schuppen von dem Durchschnittsamerikaner viel weniger verschieden sind als der erste beste Mexikaner. Die S.-F. hat sich den Boden unter den eigenen Füßen weggezogen, sie hat Tausende von Ideen verpfuscht. Man hat die Tore sperrangelweit aufgerissen, um auf Abenteuer auszuziehen, und es stellte sich heraus, daß man nur um das Haus herumgegangen ist. Wenn die Autoren ihre Texte recht und schlecht zusammenflicken, so darum, weil sie genau wissen, daß jeder Versuch einer Aufbesserung der Gattung sie in eine Sackgasse führen würde. *(Butor)*

(54) Die Science-fiction ist eine Literatur der Inhalte. Feinsinniges Tifteln und monomanisches Wortklauben interessieren sie nicht sehr. Wenn sie sich einen Verdienst gemacht hat, dann den, daß sie das ‚Was' immer dem gespreizten ‚Wie' vorzog. Als ‚Unterhaltungsliteratur' abgeheftet, stiftet sie wie alle solche ‚Unterhaltungsliteratur' tatsächlich Ideologie. *(Scheck)*

(55) Ideologie rechtfertigt die bestehende Gesellschaft, bestehendes Unrecht, und verschafft zugleich den Leiden der Beherrschten kompensatorische Genugtuung. *(Pehlke-Lingfeld)*

(56) [Alle SF-Geschichten] verneinen mit Vehemenz den Status quo, sie propagieren ein Zeitalter der fortlaufenden Veränderungen in sämtlichen Lebensbereichen. Deshalb ist es verständlich, daß sich neben den Ingenieuren und Naturwissenschaftlern, jener traditionellen Lesergruppe, gerade die jüngere Generation in zunehmendem Maße für SF interessiert. Hippies und APO streben auf ihre jeweils verschiedene Art neue Gesellschaftsformen an, versuchen, den Status quo aufzuweichen und neue Lebensstile zu entwickeln. Die SF bietet ihnen da eine Fülle von möglichen Modellen an. Kein Wunder, daß SF in jeder Kommune zu finden ist. *(Vom Scheidt)*

(57) Obwohl keineswegs im gewohnten Sinn „wirklich" oder Wirklichkeit spiegelnd, besitzt Science-fiction [...] jedenfalls eine wirkliche Funktion – jene der Einübung in ein Denken und Vorstellen entsprechend menschlicher Möglichkeiten, die nur teilweise oder noch gar nicht erprobt sind. Vorausgesetzt, das Leben in der Zukunft läßt sich nicht mehr eindeutig von der bekannten geschichtlichen Wirklichkeit her ordnen, ist eine solche Einübung außerordentlich wichtig. Sie impliziert, daß eine ganze Reihe fest verankerter Vorurteile neutralisiert und abgestoßen wird. Vorurteile nicht nur von der ideologischen, auch von der naturwüchsigen Art. Sie trainiert die Fähigkeit vorzustellen [...]. Indem der Leser sich auf bildhafte

und ereignisreiche Gedankenspiele im Bereich des technisch und von daher menschlich Möglichen – wenn auch manchmal Unwahrscheinlichen – einläßt, spielt er sich in einen Zustand hinein, der ihm das Fremde und das Überraschende, selbst das Ungemäße als etwas zeigt, das zu erkennen, anzuerkennen, mit dem sich anzufreunden für ihn zu einer zentralen Forderung wird. Science-fiction, könnte man sagen, ist der absolute Gegensatz zum Heimatroman. *(Vormweg)*

(58) [...] es scheint, als sei das Anspruchsvolle – falls es nicht nur gleiche Ideologie und Mythologie [wie das Triviale] ästhetisch geschickter sublimiert – insofern untrennbar ans Triviale gekettet, als es sich verbissen seinem Einfluß widersetzt und nur noch dessen Satire und Parodie ist. *(Pehlke-Lingfeld)*

(59) [...] was Science Fiction im Bewußtsein ihrer Leser anrichtet, läßt sich kaum noch im eher euphemistischen Schlagwort von Ideologieproduktion fassen, sondern meint schon die unverhüllte Aufforderung zum faschistischen Staatsstreich. *(Pehlke-Lingfeld)*

6. Forderungen

(60) Man pflegte zu argumentieren [...], daß die Science-fiction anspruchsvoller werden sollte, daß sie vom neuen Roman Prinzipien ableiten sollte. Ich argwöhne aber, daß eine solche Heirat [...] nur dazu führen würde, der Science-fiction ihren eigentlichen Charakter zu nehmen und sie in einen Mischmasch zu verwandeln, der aufhört, echt spekulative Literatur zu sein und den Zweck des gängigen Romans gleichzeitig doch nicht erfüllt. Wenn Science-fiction für die nächste Dekade wenigstens das tun will, was sie für die zurückliegende getan hat, braucht sie eine ganz neue Haltung. *(Moorcock)*

(61) Nachdem die ganz übel inflationierten und oft mißdeuteten Forderungen der berufsmäßigen Propagandisten abgetan sind, nachdem Einigkeit darüber besteht, daß die Science-fiction sich nicht etwa die gesamte übrige Literatur einverleiben will und daß wir sie auch nicht brauchen, damit sie uns Wissenschaft beibringe oder Respekt vor der Wissenschaft oder damit sie unsere jungen Leute auf den technischen Apparat einschwöre oder damit sie unseren Widerstand breche, die Raumschiffahrt in unseren Begriffsvorrat aufzunehmen, bleibt etwas von Wert bestehen. Zunächst einmal ist man dankbar für das Vorhandensein der Science-fiction als eines Mittels zur Selbstkritik der Gesellschaft – und zwar zur scharfen Selbstkritik. [...] Dann ist man aber auch dankbar für eine zukunftsbezogene

Schreibweise, die bereit ist, all das als veränderlich zu betrachten, was üblicherweise als beständig eingeschätzt wird; die darauf angelegt ist, jene weitläufigen, allgemeinen, spekulativen Fragen anzupacken, die von der gewöhnlichen erzählenden Literatur so oft vermieden werden. [...] Es darf ernsthaft darauf hingewiesen werden, daß wir mehr, nicht etwa weniger, von jener Geisteshaltung vertragen könnten, die hinter die versuchten Lösungen bereits evidenter Probleme auf versuchte Artikulation von Problemen blickt, die noch nicht unterscheidbar sind. Dies ist der Pfad, den die Science-fiction [...] sich gerade anschickt zu betreten, und falls sie es einrichten kann, sich in dieser Richtung weiterzubewegen, wird sie nicht nur ihre eigene Zukunft gerettet haben, sondern möglicherweise auch einen Beitrag leisten zur Sicherung der unsern. *(Amis)*

(62) Vorstellbar wäre eine neue Art von „Science Fiction", die ich – um sie von der kompromittierten SF-Literatur zu unterscheiden – mit einem neuen Kennwort versehen möchte: „Science Creation". Ihre Möglichkeiten ließen sich folgendermaßen andeuten: Arbeiten der „Science Creation" sind nicht mehr an die Notwendigkeit gebunden, dramatische Stories zu präsentieren. Sie kennen keine „Helden", keine „Sieger" und keine „Besiegten". Sie schildern weder Weltuntergänge im Nibelungenstil noch die Gründung galaktischer Reiche. SC-Literatur sollte sich bemühen, zahlreiche „Zukünfte" auf den verschiedensten Gebieten und unter den verschiedensten Voraussetzungen zu erforschen, nicht um sie zu verwirklichen, sondern aufzufinden, zu schildern. *(Jungk)*

(63) Nötig ist eine Speculative-fiction, die alles das ans Tageslicht zerrt und zu Tode seziert, was die alte Science-fiction hinter ihren blutbunten Phantastereien verhehlt. Sie wird antikapitalistisch, antimilitaristisch, antiarchaistisch, antiimperialistisch, antimystisch, antirassistisch, antiautoritär und antifaschistisch sein. Wenn sie das ist, mit allem, was darin involviert ist, hat sie der Gegenwart etwas Bedenkenswertes entgegenzusetzen. *(Scheck)*

(64) [...] es ist an der Zeit, zu denken, zu streiten, zu spekulieren, zu philosophieren. [...] Wir können und müssen die zukünftige Welt in einer Weise planen wie ein erfolgreiches Geschäftsunternehmen Dispositionen trifft für das unausweichliche Einlösen eines Wechsels zu einem künftigen Termin. *(Stine)*

(65) Eine Anzahl neuer Autoren richtet sich allmählich auf eine neue Haltung ein, eine echt spekulative Haltung, wenn man so will – die im Einklang ist mit der Psychologie der Zeit und die wahrscheinlich aufkommt, wenn die volle Bedeutung dieser Art von Orientierung bemerkt wird. – Diese Autoren befassen sich nicht so sehr mit Voraussagen, sondern versu-

chen die verwirrenden Zusammenhänge der Zukunft zu *verstehen*. Sie rekrutieren sich keineswegs allein aus den Reihen jener Autoren, die man aus den sf-Magazinen kennt, vielmehr ist es wahrscheinlich so, daß nur ein paar von ihnen sich als Science-fiction-Schreiber betrachten. *(Moorcock)*

(66) Utopischer Realismus hätte sich zumindest prognostischer Bescheidenheit zu befleißigen, dürfte sich nicht auf den ästhetischen Reizwert ausschweifender Phantasie berufen, sondern ist stattdessen gehalten, dem Wahrscheinlichen, dem Möglichen, dem utopisch Realen sich zu widmen: Technik und Wissenschaft nicht mehr als ewig verhängter Fluch oder Segen, sondern als Mittel zur Selbstbefreiung des Menschen. Der negativen Science Fiction fällt es zu, die Widerstände gegen diese Befreiung der Menschen beim Namen zu nennen, sie als konkrete gesellschaftliche Kräfte zu entlarven, der positiven, deren Überwindung zu schildern. *(Pehlke-Lingfeld)*

(67) Die S.-F. wäre, sofern sie sich beschränken und vereinheitlichen könnte, in der Lage, im Vorstellungsleben des Einzelnen einen zwingenden Einfluß zu gewinnen, wie ihn vergleichbar irgendeine klassische Mythologie besessen hat. *(Butor)*

(68) Das Raumschiff tötet den Symbolismus klassischer Metaphysik und damit zerstört es die klassische Lebensform. *(Günther)*

(69) Literatur ist eine Disziplin der Neurologie. *(Ballard)*

(Die Texte Nr. 13, 14, 23, 24, 25, 27, 31, 36, 61 wurden für diesen Zweck aus dem Englischen übertragen.)

IV. Die Autoren unserer Sammlung und ihre Texte

1. Anfänge einer Literaturgattung

Die Texte der Gruppe I stehen am Anfang der Entwicklung der SF. Mit *Jules Verne* und *Herbert George Wells* kommen der französische und der englische Begründer dieser Literatur zu Wort. *John W. Campbell, Jr.*, repräsentiert den entscheidenden Einfluß der amerikanischen Magazine.

Jules Verne, geb. 1828 in Nantes, gest. 1905 in Amiens, Studium der Rechtswissenschaft in Paris, Verfasser einiger Operettenlibretti und Theaterstücke; beschäftigte sich daneben als Autodidakt mit der Entwicklung der Naturwissenschaften, der Geographie und der Technik. Großer Erfolg des 1863 erschienenen Romans „Fünf Wochen im Ballon", dessen Manuskript vorher von 15 Verlagen abgelehnt war. Insgesamt 98 Bücher, darunter so bekannte Romane wie „Reise zum Mittelpunkt der Erde" (1864), „Von der Erde zum Mond" (1865), „Reise um den Mond" (1869), „20 000 Meilen unter den Meeren" (1869), „Reise um die Erde in achtzig Tagen" (1873). – Verne ist der Schöpfer des utopischen Reiseromans, dessen Held der Gelehrte, Erfinder, Entdecker oder Ingenieur ist. Eine ganze Reihe der von ihm vorhergesagten Erfindungen wurden Wirklichkeit. Er gewann breite Leserschichten für den Fortschritt von Wissenschaft und Technik, warnte aber auch vor möglichen drohenden Gefahren. Nach der Bibel und den Werken Lenins und Tolstois sind Jules Vernes Bücher am häufigsten übersetzt worden. Unser Textabschnitt stammt aus dem Roman „Von der Erde zum Mond" und schildert den ersten ‚Countdown' der Weltliteratur.

Herbert George Wells, geb. 1866 in Bromley/Kent, gest. 1946 in London. Mit Hilfe eines Stipendiums Studium an der naturwissenschaftlichen Fakultät der Universität London. 1903 Mitglied der sozialistischen „Fabian Society", deren Methoden er allerdings schon bald kritisiert, 1922/23 erfolglose Kandidatur für die Labour Party. An die Stelle des sozialistischen Gedankenguts tritt allmählich der Ruf nach einer geistigen Aristokratie. 1933 Besuch bei Roosevelt in Washington und Stalin in Moskau. – Das Gesamtwerk umfaßt ungefähr 100 Bände. Wells war in erster Linie Romancier und nimmt als solcher einen bedeutenden Platz in der englischen Literaturgeschichte ein („Kipps, the Story of a Simple Soul" 1905, „The History of Mr. Polly" 1910, „The World of William Clissold" 1926), daneben veröffentlichte er populärwissenschaftliche Werke zur Geschichte („The Outline of History", 2 Bde. 1919) und Biologie („The Science of Life" 1929/30 zusammen mit Julian Huxley). Eine gewichtige Rolle für die Entwicklung der SF spielten seine utopischen Romane, die die meisten Themen der nächsten Jahrzehnte vorwegnahmen: „The Time Machine" (1895), „The Invisible Man" (1897), „The War of the Worlds" (1898), „The First Men in the Moon" (1901), „The Food of the Gods" (1904), „A

Modern Utopia" (1905). Das abgedruckte Beispiel findet sich im dritten Kapitel der „Time Machine" und schildert mit großer Genauigkeit die Empfindungen des Zeitreisenden.

John W. Campbell, Jr., geb. 1910 in Newark, New Jersey, Studium der Atomphysik am Massachusetts Institute of Technology und an der Duke University. Er ist einer der unermüdlichsten Vorkämpfer der SF, übernahm als Herausgeber im Jahr 1928 das amerikanische Magazin „Astounding Stories" (seit 1937 „Astounding Science Fiction" genannt) und leitete somit die neben Hugo Gernsbacks „Amazing Stories" einflußreichste SF-Zeitschrift bis zu ihrer Einstellung im Jahr 1962. Heute ist Campbell Schriftleiter von „Analog-Science Fiction and Fact", ein Magazin, das die Nachfolge von „Astounding" angetreten hat. Selbst ohne besonderen literarischen Ehrgeiz beeinflußte Campbell durch die von ihm bevorzugte Verbindung von wissenschaftlichen Einfällen, blühender Phantasie und abenteuerlicher Spannung eine ganze Generation von SF-Autoren. Unser Textabschnitt stammt aus Campbells bekannter Erzählung „Who goes there?", die auch verfilmt wurde. Sie spielt in der Antarktis, wo die Besatzung eines Forschungslagers die Überreste eines vor langer Zeit gestrandeten fremden Raumschiffes findet. Der einzige Insasse ist im Eis eingefroren und entpuppt sich nach seinem Erwachen als Urbild des ‚BEM' (bug-eyed monster), eines der beliebtesten Motive einer SF-Literatur, der es in erster Linie um die Erzeugung von Horror-Effekten geht. Der Leser gewinnt einen guten Eindruck von der Eigenart vieler „pulp-magazines", wenn er der Vernichtung des unsympathischen Eindringlings beiwohnt. („Pulps – a magazine printed on rough, inferior paper stock made from wood pulp, usually containing sensational stories of love, crime etc." – Webster's New World Dictionary).

2. Bewältigungsversuche

Der deutsche Futurologe *Robert Jungk* schrieb 1952 das Buch „Die Zukunft hat schon begonnen", dessen Titel inzwischen zum geflügelten Wort geworden ist. Es könnte ohne weiteres als Motto über unserem zweiten Kapitel stehen, denn die hier versammelten Beiträge behandeln gegenwärtige Probleme oder kurzzeitig voraussehbare Ereignisse, allerdings nicht in Form populär-wissenschaftlicher Darlegungen, sondern im Gewand der SF-Kurzgeschichte. Während der erste Teil literarhistorisch orientiert war und typische Textabschnitte vorstellte, bringt der zweite ohne Ausnahme in sich abgeschlossene short stories. Auf unterhaltsame Weise wird der Leser vor gefährlichen Entwicklungen gewarnt: dem Massenverkehr *(Thomas)*, der Steuerung unseres Alltags durch Datenverarbeitungsanlagen *(Dickson)*, der Wirkung halluzinogener Drogen *(Slesar)* und der radioaktiven Verseuchung der Erde *(Wyndham)*: SF mit didaktischer Absicht.

Theodore L. Thomas schreibt vor allem für amerikanische SF-Magazine. Seine Erzählung „Der Test" ist ein besonders gelungenes Exemplar der zugespitzten ‚last-line-point'-Geschichte, die sich vor allem in den USA größter Beliebtheit erfreut. In solchen Texten zeigt die SF die ihr eigentümliche Form des futurologischen Diskussionsbeitrags besonders deutlich.

Gordon R. Dickson, geb. 1923 in Edmonton/Canada, ist einer der wenigen SF-Autoren, die nicht aus irgendeinem Fachgebiet zur SF stießen, sondern ‚gelernte' Literaten sind. Er studierte an der Universität von Minnesota „creative writing", schreibt seit 1950 auf allen Gebieten vom Hörspiel bis zum Roman, erhielt den ‚Hugo', den begehrtesten Preis der SF, für seinen Roman „Soldier, ask not" und 1965 den ‚Nebula'-Preis für die abgedruckte Erzählung. – „Computers don't argue" bringt die Form der Brieferzählung in den Zusammenhang der SF-Geschichte und erreicht damit neue Wirkungen. Nach der Lektüre dieser Arbeit wird man sich weniger darüber wundern, daß es seit einigen Jahren in England einen Verein zur Abschaffung der Computer gibt, dem vor allem – Computer-Fachleute angehören.

Henry Slesar ist ein amerikanischer Autor, der mit 17 Jahren zu schreiben begann und auf dem Gebiet der Kriminalgeschichte ebenso zu Hause ist wie in der SF. Er schrieb zahlreiche Kurzgeschichten und wurde 1959 für seinen Roman „The Gray Flannel Shroud" mit dem Edgar-Allan-Poe-Preis ausgezeichnet. – Innerhalb der SF-Kurzgeschichte beschäftigt sich Slesar vor allem mit Fragen der Psychologie und Psychotherapie. Auch die abgedruckte Arbeit – sie fesselt schon durch ihre Form – fordert zur Diskussion heraus: Wo liegen die ethischen Grenzen bei der Anwendung sog. Psychopharmaka?

John Wyndham, geb. 1903, aufgewachsen in Edgbaston/Birmingham, Besuch der Schule von Bedales 1918/21. Wechselnde Tätigkeiten in der Landwirtschaft, im Rechtswesen, als Graphiker und Werbefachmann. Seit 1925 Autor von Kurzgeschichten, die unter verschiedenen Pseudonymen zuerst in englischen, seit 1930 vor allem in amerikanischen Zeitschriften erschienen. Während des Zweiten Weltkrieges Dienst bei der Zivilverwaltung und beim Heer. Großer Erfolg seiner SF-Romane und -Erzählungen, die bereits in zehn Sprachen übersetzt wurden. – Wyndhams Romane verraten, daß ihr Autor der Tradition geistreicher englischer Erzählkunst verpflichtet ist, was für die überzeugende Darstellung der Personen, die Kunst des Atmosphärischen wie für den geschliffenen Stil gilt, den man erst im englischen Original richtig kennenlernt. Häufig spielt das Geschehen in der Gegenwart oder in nächster Zukunft, wobei das utopische Element unmittelbar in unseren Alltag einbricht. Sein bekanntester Roman „Die Triffids" (The Day of the Triffids) schildert eine kosmische Katastrophe, durch die groteske Pflanzen zu einer Bedrohung für die Menschheit werden. Das heikle Thema einer von außerirdischen Wesen hervorgerufenen Massen-Schwangerschaft behandelt der Roman „Es geschah am Tage X" (The Midwich Cuckoos). Mit beklemmender Unmittelbarkeit werden abnorme Mutationen bei Pflanze, Mensch und Tier nach einem verwüstenden Atomkrieg geschildert in „Wem gehört die Erde?" (The Chrysalids). – Die Titelgeschichte des Bandes „Die Kobaltblume" („The Seeds of Time") mit ihrer assoziationsreichen Überschrift ist eine der besten Kurzgeschichten Wyndhams.

3. Menschenmaschinen und Maschinenmenschen

Die Zeit des klassischen Roboters in der SF ist vorbei. Nur noch in der kommerziellen SF treibt er sein Unwesen, der Maschinenmensch aus Stahl mit glühenden photoelektrischen Augen, dessen Blutkreislauf aus Elektronen und Schmieröl besteht und dessen Strahlwaffen Tod und Vernichtung speien. Heute spricht man differenzierter von Cyborgs (,cybernetic organisms', bestehend aus einem menschlichen Gehirn mit von dort gesteuerten Werkzeugen aus Stahl und Plastik), von Pseudos, Androiden, Androgynen (künstlichen Menschen aus Fleisch und Blut mit eigenen Gedanken und Gefühlen), wenigstens aber von ,positronischen Robotern', wie sie *Asimov* ,erfunden' hat. Eine viel größere Rolle als je zuvor spielen außerdem Spekulationen über die psychische Beeinflußbarkeit und die Steuerung des Menschen durch Gen-Manipulationen bzw. biologische ,Umwandlung'. Die ersten vier Texte dieses dritten Kapitels schildern künstlich hervorgerufene oder auf natürlichem Weg denkbare Veränderungen des heutigen Menschen als Individuum oder als Teil der Gesellschaft und des Staates. Dann folgt eine durch ihre lexikalische Form ungewöhnliche Roboterbeschreibung. Sie wird ergänzt durch zwei Beispiele für die Weiterentwicklung dieser beliebten SF-Gestalt: Der Altmeister der Roboter-Story, *Isaac Asimov*, steuert eine last-line-point-Geschichte bei, in der noch immerhin in klassischer Weise die Technik dem Menschen dient. Der Text von *Zelazny* zeigt, wie auch das Gegenteil geschehen mag.

Aldous Leonard Huxley, geb. 1894 in Godalming/Surrey aus einer bedeutenden Gelehrtenfamilie. Schüler von Eton; Dozent für englische Literatur in Oxford; Journalist, Kunstkritiker, Essayist, Historiker und Romancier. 1930 in Italien, Freundschaft mit D. H. Lawrence, 1934 Reise nach Zentralamerika, seit 1937 dauernder Wohnsitz in Kalifornien. Huxley, der sich von buddhistischem Gedankengut beeinflußt zeigt, ist anfangs nur amüsierter Beobachter der dekadenten modernen Gesellschaft, wendet sich aber dann zusehends mystischer Kontemplation zu. Wichtigste Romane: ,,Those Barren Leaves" (1925). ,,Point Counter Point" (1928), ,,Eyeless in Gaza" (1936). Seine Selbstversuche mit dem Rauschmittel Meskalin hat Huxley dargestellt in seinem Essay ,,The Doors of Perception" (1954). – H. hat zwei der wichtigsten ,negativen' oder ,Menetekel'-Utopien der Weltliteratur verfaßt. ,,Brave New World" (1932) schildert die perfekte Wohlstandswelt im Jahr ,,632 nach Ford", in der alle Menschen am Luxus teilhaben und ein genormtes Glück genießen; aber Freiheit, Religion, Kunst und Humanität sind restlos verschwunden. Menschliche Embryos werden im Fließbandverfahren in Flaschen gezogen und für ihre spätere Aufgabe programmiert; die Kindererziehung bedient sich der Technik Pawlowscher Reflexe und der Hypnopädie (Schlafschulung). Der abgedruckte Auszug schildert einen Besuch der ,,Brut- und Normzentrale". Noch grimmigere Kritik enthält der Roman (eigentlich: das Filmdrehbuch) „Ape and Essence" (1948, deutscher Titel „Affe und Wesen"), der das Leben einer völlig pervertierten Menschheit nach einem Atomkrieg darstellt.

Herbert Werner Franke, geb. 1927 in Wien, 1944 eingezogen zur Luftwaffe, nach Kriegsende Studium der Physik, Psychologie und Philosophie an der Wiener Universität, wissenschaftlicher Forschungsauftrag in Wien, dann Tätigkeit bei Siemens in Erlangen, lebt heute als freier Schriftsteller bei München. Zahlreiche populärwissenschaftliche Bücher über physikalische, chemische, futurologische und fotografische Themen, Berater bei der Herausgabe der Goldmann-Weltraumtaschenbücher. – Franke ist der einzige deutsche SF-Autor von Rang. Seine Romane („Das Gedankennetz", „Die Glasfalle", „Der Orchideenkäfig", „Die Stahlwüste", „Zone Null") haben allgemeine Anerkennung gefunden, da sie ernstzunehmende Zukunftsprobleme mit literarischem Geschick behandeln. Die Kurzgeschichte „Das Gebäude" steht in dem Band „Der grüne Komet", einer Sammlung von 65 knappen ‚Ministories', utopischen Denkspielen in Skizzenform.

Brian Wilson Aldiss, geb. 1925 in East Dereham/Norfolk, mit 18 Jahren Soldat in Burma und Südostasien. Nach seiner Rückkehr zehn Jahre lang als Buchhändler in England tätig. 1955 führt der erste Preis bei einem Kurzgeschichten-Wettbewerb des „Observer" zum Entschluß, die Schriftstellerlaufbahn einzuschlagen. Seit 1957 Literaturredakteur der „Oxford Mail". 1962 für den Roman „Am Vorabend der Ewigkeit" („The Long Afternoon of Earth") mit dem ‚Hugo', 1965 für die Novelle „Der Speichelbaum" („The Saliva Tree") mit dem ‚Nebula'-Preis ausgezeichnet. – Aldiss gilt als führender Vertreter einer jungen Generation von SF-Schriftstellern, deren Interesse in erster Linie den psychologischen und soziologischen Aspekten der Zukunft gilt und die auch literarisch zunehmend neue Wege einschlagen. Aldiss hat sich häufig zur Theorie der SF geäußert und zahlreiche Kurzgeschichten und Romane verfaßt. Die Erzählung „Der Ungeborene" („Psyclops") gibt in einer recht modernen Verflechtung der Darstellungsebenen die Reflexionen eines noch ungeborenen Kindes wieder und leistet damit einen Beitrag zum Thema pränatale Telepathie. Bei der Lektüre könnte man folgende Fragen stellen: Wessen Äußerungen werden im einzelnen wiedergegeben? Wo handelt es sich um kaum artikulierbare Empfindungen, wo um logische Gedankenfolgen? Wie bewältigt der Verfasser dergleichen diffizile Probleme sprachlich? Welcher Handlungsablauf läßt sich aus dem Gefüge der inneren Monologe herausfiltern? Was bedeutet der Titel des englischen Originals „Psyclops"?

Clifford Donald Simak, geb. 1904 in Milville/Wisconsin, Nachrichtenredakteur des „Minneapolis Star", schreibt seit 30 Jahren SF-Erzählungen und Romane. Regelmäßiger Mitarbeiter des Magazins „Astounding Science Fiction", 1953 ausgezeichnet mit dem internationalen Fantasy-Preis, 1958 mit dem ‚Hugo' für den besten Kurzroman. Zu den bemerkenswertesten SF-Stories überhaupt gehören Simaks „City"-Geschichten (deutsch: „Als es noch Menschen gab"), woraus unser Beispiel stammt. Das Buch gibt sich als eine Sammlung von Legenden aus, die in ferner Zukunft von Hunden, die eine eigene Kultur entwickelt haben, über den sagenhaften Menschen der Vorzeit erzählt werden. Besonders geistreich und witzig sind die gelehrten Vorbemerkungen des fiktiven hündischen Herausgebers. Die in dem abgedruckten Text behandelte Problematik der ökologischen Manipulation des Menschen wird hier im Gegensatz zu anderen pessimistischen Prognosen (Huxley, Budrys, Sellings) einmal in einem positiven Aspekt vorgeführt.

H. G. Ewers (Pseudonym für Horst Gehrmann), geb. 1930 in Weißenfels (Sachsen-Anhalt). Nach dem Abitur als Journalist und Lehrer an einer polytechnischen Oberschule tätig. 1961 Übersiedlung in die Bundesrepublik, seit 1965 Mitglied des Perry-Rhodan-Autoren-Teams. Ewers hat für diese Reihe schätzungsweise 100 Romanhefte (à 64 Seiten) und über 20 Taschenbücher (à 160 Seiten) verfaßt. Er zeichnet außerdem verantwortlich für die Zusammenstellung und Redaktion des „Perry-Rhodan-Lexikons", das im Umfang von einer Druckseite am Schluß jedes Heftes der ersten und zweiten Auflage zu finden ist. (Die Einzelbeiträge in Buchform sind mit über 1000 Stichworten im September 1971 erschienen.) Dieses Lexikon erklärt in sachlichem Ton naturwissenschaftliche und technische Begriffe, aber auch Fachausdrücke aus der internationalen SF, besonders der PR-Reihe. Der von uns abgedruckte Text wurde unverändert dem Heft 385 entnommen; nur einige kursiv gedruckte Wörter sind im Normaldruck wiedergegeben (sie verweisen auf weitere Erklärungen unter dem gegebenen Stichwort). Zusätzliche Informationen über die PR-Reihe findet der Leser bei K. H. Scheer und bei den Erläuterungen zu den Romanheften.

Isaac Asimov, geb. 1920 in Petrovichi/UdSSR, 1923 Übersiedlung der Familie in die USA, 1928 Einbürgerung. Studium der Medizin an der Columbia-Universität, New York, Professor für Biochemie an der Universität von Boston, dort vor allem in der Krebsforschung tätig. Veröffentlichung einer großen Anzahl zuverlässiger, populärwissenschaftlicher Werke aus den Gebieten der Biologie, Chemie, Physik und Astronomie, die auch ins Deutsche übersetzt wurden. Daneben schreibt Asimov seit 1937 SF-Romane und -Erzählungen, die ihn zu einem führenden Autor auf diesem Gebiet gemacht haben. Asimovs Robotergeschichten, vor allem in der Sammlung „Ich, der Robot" (I, Robot), haben großen Einfluß auf die Gattung ausgeübt. Der Autor legt den Ereignissen die Erfindung eines positronischen Gehirns zugrunde, die es ermöglicht, denkende und sprechende Roboter herzustellen. Damit sie ihre Grenzen nicht überschreiten, wird ihnen ein eigener Moralkodex einprogrammiert, die berühmten drei Asimov'schen Robotergesetze. Die abgedruckte Erzählung bedient sich wie die von Thomas der Technik des ‚surprise-ending'. Einer Diskussion wert ist vor allem die Frage: Worin besteht die Menschlichkeit des Roboters, wie äußert sich die Robotermentalität des Menschen?

Roger Zelazny ist profilierter Vertreter der modernsten amerikanischen SF. Im Jahr 1965 errang er gleich zweimal den begehrten ‚Nebula'-Preis für seinen Kurzroman „Der Former" (He Who Shapes) und die Erzählung „Das Biest" (The Doors of His Face, the Lamps of His Mouth). Den vorliegenden Text sollte man mit einer der bei Ernest Hemingway vorkommenden Beschreibungen eines Stierkampfes vergleichen, z. B. in der Kurzgeschichte „Der Unbesiegte".

4. Phantastische Reisen

Ein großer Teil der SF-Literatur beschäftigt sich mit der Eroberung des Weltraums durch den Menschen. Die schon bei *Jules Verne* im Mittelpunkt stehende ‚voyage extraordinaire' kann eine lange Tradition im abenteuerlichen Reiseroman (vgl. den Picaro-Roman, die Robinsonade und die ethnographisch orientierte Reiseerzählung) aufweisen und hat auch bei modernen Lesern nichts von ihrer Faszination verloren. Die Thematik der ‚Space Travel' ist so umfangreich, daß die abgedruckten Texte nur bestimmte Ausschnitte bieten können. Die Anordnung folgt äußerlich dem Maß der Phantastik, die mit der zurückgelegten Entfernung zu wachsen scheint. – Die Beiträge von *Marie Luise Kaschnitz* und *Robert Heinlein* fordern trotz ihrer unterschiedlichen Länge und ganz verschiedenen literarischen Herkunft zu einem thematischen Vergleich auf. Mit *Scheer* und *Cramer* kommen zwei deutsche Autoren zu Wort, die deutlich zeigen, wie sich Kühnheit der Erfindung bei einem Vertreter der kommerziellen SF und einem Schriftsteller von Rang ausmacht.

Marie Luise Kaschnitz, geb. 1901 in Karlsruhe, 1922–24 Buchhandelslehre in Weimar und München, später wohnhaft in Königsberg, Marburg und Frankfurt/M., seit 1925 verheiratet mit dem Archäologen Guido von Kaschnitz-Weinberg, 1960 Gastdozentin für Poetik an der Universität Frankfurt/M. Zahlreiche literarische Preise, seit 1967 Trägerin der Friedensklasse des Pour le mérite. – Marie Luise Kaschnitz ist eine der bedeutendsten deutschen Schriftstellerinnen der Gegenwart: Gedichtsammlungen, Erzählungen (,,Lange Schatten"), Essays und Hörspiele (,,Die fremde Stimme"). Sie ist keine SF-Autorin, doch enthält ihr Werk z. T. Elemente der Gattung. ,,Gespräche im All" heißt die 1971 erschienene Sammlung bisher ungedruckter Hörspiele. Unser Kurztext stammt aus dem 1970 publizierten Band ,,Steht noch dahin" und schildert den Besuch von Weltraumbewohnern. Was ist eigentlich ‚Heimat'? Die Einstellung der Verfasserin zu dieser Frage ist weitaus realistischer als die von Heinlein im folgenden Text, der viel stärker einer romantischen Tradition verpflichtet ist. Über den Inhalt vergesse man jedoch nicht Form und Sprache, die – wieder im Gegensatz zu Heinlein – durchaus lyrische Züge aufweisen.

Robert Anson Heinlein, geb. 1907 in Butler/Missouri, Besuch der US Naval Academy von Annapolis in Maryland, 1929–34 Offizier auf verschiedenen amerikanischen Kriegsschiffen. Studium der Mathematik und Physik an der Universität von Kalifornien. Im Zweiten Weltkrieg Maschineningenieur in der amerikanischen Kriegsmarine. Seit 1939 hat Heinlein etwa 40 Bände SF veröffentlicht und mehrere literarische Preise dafür erhalten. Besonders bekannte Romane: ,,Weltraumpiloten" (Space Cadet), ,,Bewohner der Milchstraße" (Citizen of the Galaxy), ,,Bürgerin des Mars" (Podkayne of Mars) – sämtlich am ehesten als utopische Jugendliteratur zu bezeichnen – sodann: ,,Tür in die Zukunft" (The Door into Summer), ,,Ein Mann in einer fremden Welt" (Stranger in a Strange Land) u. v. m. – Heinleins Erzählungen und Romane sind sinnvolle Extrapolationen in die Zukunft, für die der Autor einen Plan entwickelt hat, in den sich die einzelnen Werke chronologisch einordnen lassen. Gern verbindet Heinlein seine mathematischen und naturwissenschaftlichen Kenntnisse mit der Schilderung menschlicher Schicksale wie in den zehn Kurzgeschichten des Bandes „Die grünen Hügel der Erde" (The Green Hills of Earth), aus dem unser Text stammt. Seit vielen Jahren gibt es in den USA auch außerhalb geschlossener Erzählungen Weltraum-Lyrik; manche dieser Texte wurden sogar in Musik gesetzt.

Karl Herbert Scheer, geb. 1929 in Harheim bei Frankfurt/M., autodidaktische Studien verschiedener naturwissenschaftlicher Gebiete. Unter dem Einfluß deutscher und amerikanischer SF-Autoren veröffentlichte Scheer 1946 seinen ersten SF-Roman, der 1959 mit dem ‚Hugo' des SF-Clubs Europa ausgezeichnet wurde. – Scheer ist mit Clark Darlton (Pseudonym für Walter Ernsting) Initiator der Perry-Rhodan-Serie. Als Verfasser der Exposés, in denen alle Hauptfiguren und Handlungen vorgezeichnet werden, koordiniert er vor allem die Arbeit des aus einem halben Dutzend Schriftstellern bestehenden Autorenteams, übernimmt aber auch selbst die Ausführung mancher Romanhefte. Die Gesamtproduktion des Autors beläuft sich auf etwa 50 SF-Romane, wovon einige Titel als Taschenbücher im Heyne-Verlag vorliegen; außerdem schrieb er mehr als 100 Romanhefte, die Hälfte davon für die Rhodan-Serie. Der in die Sammlung aufgenommene Auszug stammt aus Heft 350 der PR-Serie mit dem Titel „Robot-Patrouille" und mußte, damit er einigermaßen verständlich wurde, verschiedentlich gekürzt werden.

Zur Handlung: Im Jahre 2436 wird das „solare Imperium" unter Führung seines „Administrators" Perry Rhodan von den „Zeitpolizisten" (auch „Zweitkonditionierte" oder „Schwingungswächter" genannt) angegriffen, deren halborganische Raumschiffe „Dolans" heißen und der solaren Raumflotte weit überlegen sind. Erst nach Einsatz einer neuen Erfindung gelingt es den Terranern, mit der Bedrohung fertig zu werden. An der vorliegenden Textprobe kann der Leser nicht nur Sprachstudien über die Entwicklung eines fast esoterisch anmutenden SF-Jargons treiben; er sollte darüber den ideologischen Hintergrund nicht übersehen. Die PR-Reihe gibt vor, dem Gedanken des Friedens und der Verständigung aller Lebensformen zu dienen, unterscheidet sich aber von bestimmten Landser-, Wildwest- und Agenten-Heftchen nur dadurch, „daß die Gewaltverherrlichung und die Betätigung des Faustrechts und der Brutalität in den interplanetarischen oder interstellaren Raum verlegt und mit Zukunftsmitteln unternommen werden" (Robert Schilling).

Heinz von Cramer, geb. 1924 in Stettin, Musikstudium bei Boris Blacher in Berlin, tätig als Dramaturg, Funk- und Fernsehregisseur. Er schrieb Erzählungen, Romane, Hörspiele und Libretti, 1959 mit dem Fontane-Preis ausgezeichnet. – „Zehn Erzählungen unter dem ironisch gemeinten Titel ‚Leben wie im Paradies' (1964) sind der Versuch einer neuen Form des Zukunftsromans mit ‚variablen Themen' vom Mißverständnis des Menschen und seinen Möglichkeiten in der technisch-kybernetischen Zukunft, dem C. auch stilistisch (expressionistisch-futuristisch) nahekommen will. Die zehn ‚freien Spiele mit allerhand Ich-Formen' reichen von ‚Aufzeichnungen eines ordentlichen Menschen' – eines Mathematikers, der sich im Umgang mit einem Elektronengehirn selbst für eine ‚komplizierte Maschine' hält und seinen Anschluß an ein Starkstromkabel sucht – bis zur ‚Schlußrede über die Notwendigkeit eines neuen Menschentypus', worin die Einweihung einer vollautomatischen Kirche durch eine Naturkatastrophe beendet wird." (F. Lennartz, Deutsche Dichter und Schriftsteller unserer Zeit)

Die vorliegende Erzählung stellt eine neue Form anti-naiver Kinderliteratur dar, die SF-Motive mit Pop-Elementen verbindet. Der aufmerksame Leser wird auch die verborgene Kritik an den Comic-Strips und ihrer Produktion unschwer erkennen.

5. Spekulative Denkmodelle

SF-Literatur ist ein Spiel mit unbegrenzten Möglichkeiten. Sie erschöpft sich weder in der Prolongation gegenwärtiger Zustände noch in der Extrapolation naturwissenschaftlicher Tatbestände. Sie rüttelt auch, wie *Gotthard Günter* gezeigt hat, an dem scheinbar festgefügten Bau bisheriger metaphysischer Vorstellungen von Raum, Zeit, Materie, Leben und Geist. Der Versuch, auch das Widersprüchliche, Unvorstellbare, Absurde auszusinnen und darzustellen, führt zu den hier versammelten ‚spekulativen Denkmodellen'. *Robert Silverberg* befaßt sich mit den unauflöslichen Widersprüchen scheinlogischer Systeme an Hand des Reisens durch die Zeit. Ebenfalls bis an die Grenze der Absurdität führt die Spekulation über die Existenz endlos vieler Weltsysteme in zeitlicher, jedoch nicht räumlicher Parallelität, womit uns *Larry Niven* konfrontiert. Der Text von *Weinbaum* stellt in humorvoller Weise eine uns völlig fremde Lebensform vor. *A. E. van Vogt* unternimmt den Versuch, Entstehung und Entwicklung eines mit Leben und Intelligenz ausgestatteten Wesens glaubhaft zu machen, das durch seine Dimensionen jede Vorstellungskraft übersteigt.

Robert Silverberg studierte an der Columbia-Universität und ist seit 1956 freier Schriftsteller in New York. Veröffentlichung einer Reihe von Büchern über Archäologie, Kunst und Geschichte. Mehrere SF-Romane und zahlreiche Kurzgeschichten, 1956 mit dem ‚Hugo' ausgezeichnet. Einen besonderen Ruf genießt der Autor als Herausgeber von Anthologien. – Die Sammlung „Die Mörder Mohammeds und andere time-travel-stories" gehört zu den besten SF-Anthologien überhaupt. Ihr ist der hier abgedruckte Text entnommen.

Larry Niven gehört wie Zelazny zur jüngeren amerikanischen SF-Generation und publiziert häufig in den bekannten Magazinen. Alle seine Geschichten entfalten ein großes Maß an Phantastik, der jedoch stets ein deutbarer Hintergrund beigegeben ist; so unterscheidet sich Nivens Imagination wohltuend von der schieren Schauer- und Effekt-Phantasterei früher trivialer Produkte. Seine Geschichte „Selbstmord en gros" („All the Myriad Ways") stellt nach der Zeitreise Silverbergs die Idee der Parallelwelten vor. Immerhin hat diese Vorstellung den Vorzug, im Gegensatz zur Zeitreise logisch sauber begründbar zu sein. Man kann an solcher SF sehr gut ein poetologisches Bauprinzip der Gattung studieren: Einmal unterstellt, ein zugegeben äußerst spekulativer Gedanke träfe zu, – was wären die dann durchaus herleitbaren Konsequenzen? Dergleichen SF hat auf viele Autoren eine große Anziehungskraft und ist als Denkspiel sinnvoll. Die Theorie axiomatischer Systeme läßt sich damit jedem Kind nahebringen.

Stanley Grauman Weinbaum, geb. 1902 in Louisville/Kentucky, Studium an der Universität Wisconsin, wo er 1923 zusammen mit dem Ozeanflieger Charles A. Lindbergh graduierte, 1935 gestorben. – Trotz des geringen Umfangs seines in fünfzehn Monaten entstandenen SF-Werks spielt Weinbaum für die Geschichte der Gattung eine wichtige Rolle. Während früher das BEM, das Männer mordende und Frauen entführende Monster, die Szene außerirdischer Wesen beherrschte, beschrieb der junge Amerikaner mit viel Phantasie und Witz erstmals eine Vielfalt von merkwürdigen Lebensformen, deren Körper, Geist und Wertordnung unseren Gegebenheiten ganz entgegengesetzt sind. Unser Text ist Weinbaums erster SF-Erzählung „Mars-Odyssee" aus der gleichnamigen Sammlung entnommen.

Alfred Elton van Vogt, geb. 1912 in Winnipeg/Canada. Nach frühzeitig unterbrochenem Studium in einer ganzen Reihe von Berufen tätig, seit 1940 Verfasser mehrerer wissenschaftlicher Werke und vieler SF-Romane und -Erzählungen. 1952 Erwerb der nordamerikanischen Staatsbürgerschaft. – A. E. van Vogt gilt als Mitbegründer und Vertreter der Idee des ‚Übermenschen' in der SF-Literatur: Verherrlichung des Menschen und seiner Zukunft auf der Grundlage von Korzybskis „Allgemeiner Semantik", mit deren Hilfe alle möglichen Probleme gelöst und Gefahren bestanden werden. Dieser ‚Überwissenschaftlichkeit' entspricht auch van Vogts Idee von einer Koordinierung der menschlichen Seelen- und Geisteskräfte zur Erzielung eines ausgeglicheneren und humaneren Menschentyps. Vorstudien zu solchen anthropologischen Fragestellungen sind dabei stets Spekulationen über denkbare Lebens-, Intelligenz- und Daseinsformen, die van Vogt mit unüberbietbarem Einfallsreichtum geradezu katalogartig erfunden hat. Einige seiner Romane: „Weltraumexpedition der Space Beagle" (The Voyage of the Space Beagle), „Der Krieg gegen die Rull" (The War against the Rull), „Die Welt der Null-A" (The World of Null-A), „Kosmischer Schachzug" (The Pawns of Null-A), „Die Veränderlichen" (The Silkie) und der „Isher"-Zyklus. Unser Auszug wurde der „Space Beagle" entnommen und bietet eine konsequente Weiterentwicklung der Weinbaum'schen Konzeption.

6. Ultima Ratio

Den Ausdruck, den wir als Überschrift des letzten Kapitels gewählt haben, verwenden wir natürlich in seiner übertragenen Bedeutung, um auf den Inhalt der abschließenden vier Texte hinzuweisen: die Frage nach dem Sinn des Daseins, die Frage nach dem Ende der Menschheit und der Welt, die Frage nach der Existenz und Rechtfertigung Gottes. Man kann der Ansicht sein, daß es vermessen sei, wenn sich SF-Autoren anschicken, diese ‚letzten Fragen' zu stellen oder gar zu beantworten. Solche Grenzüberschreitungen in weltanschauliche und religiöse Bereiche sind aber keine Seltenheit mehr. Neben neuen Mythenbildungen wächst auch immer mehr der Drang nach Entmythologisierung in der SF, eine Tatsache, an der diese Sammlung nicht vorübergehen durfte. Oft führen solche Versuche zu einer Mischung aus Lächerlichkeit und Blasphemie. Die hier zusammengestellten Beispiele könnten aber doch ernst genommen werden: Die Vorstellung eines säkularisierten, technischen Gottes *(Sheckley)* und das Problem des Glaubensverlustes angesichts gewaltiger Naturkatastrophen *(Clarke)* sind zwar weder wissenschaftlich fundierte Sachbeiträge noch theologisches Diskussionsmaterial, spiegeln aber sehr deutlich die gegenwärtige Krise der alten Glaubensinhalte wieder. Der Rückzug auf menschliche Solidarität im Angesicht des drohenden Endes *(Bradbury)* gehört nicht nur in der modernen Theologie, sondern auch in der SF-Literatur zur letzten Bastion, die man gegenüber der ‚Gott-ist-tot'-Bewegung und dem skeptizistischen Rationalismus noch zu verteidigen wagt.

Robert Sheckley, geb. 1928 in New York. Nach Abschluß der Mittelschule in Kalifornien in den verschiedensten Berufen tätig. Zwei Jahre Wehrdienst in Korea, Studium an der Universität von New York. – Sheckleys Stärke liegt auf dem Gebiet der Kurzgeschichte. Die Sammlungen „Das geteilte Ich" (Store of Infinity), „Utopia mit kleinen Fehlern" (Citizen in Space) und „Die Menschenfalle" (The People Trap) erweisen den Autor als Routinier, dem es aber immer wieder gelingt, neue Aspekte der Gattung aufzuzeigen. Die Erzählung „Der Beantworter" stammt aus der „Utopia"-Sammlung und bietet einen guten Einstieg in die Problematik der ‚letzten Fragen'. Sie illustriert nicht nur, wie Geschöpfe verschiedenster Art am Ende ihres Fragens angelangt sind, sondern stellt zugleich im „Beantworter" eine Art technische Gottheit vor und damit eine Möglichkeit der absoluten Säkularisierung der Gottesidee überhaupt.

Arthur C. Clarke, geb. 1917 in Minehead/Westengland, nach dem Besuch der höheren Schule Rechnungsprüfer im Finanzministerium, im Zweiten Weltkrieg technischer Offizier bei der Luftwaffe und Dozent für Radartechnik. Mitglied der Königlichen Astronomischen Gesellschaft, mehrmals Präsident der Britischen Interplanetarischen Gesellschaft, bekannter Unterwasserfotograf, Träger eines Preises der UNESCO für Popularisierung der Wissenschaft und der ‚Stuart Ballantine Medal' für Verdienste um die Entwicklung der Nachrichtentechnik. Clarke lebt heute als freier Schriftsteller in Colombo auf Ceylon. – Weite Verbreitung fanden seine populärwissenschaftlichen Darstellungen, etwa seine futurologische Arbeit „Im höchsten Grade phantastisch", ein Ausblick auf kommende Entwicklungen in Wissenschaft und Technik. Zahlreiche SF-Romane und -Erzählungen stammen aus seiner Feder, darunter ausgesprochene Jugendbücher wie „Inseln im All" (Islands in the Sky) oder „Projekt Morgenröte" (Sands of Mars). Clarke schrieb auch das

Drehbuch zu Stanley Kubricks Film „2001 – Odyssee im Weltraum" (Space Odyssee). Die preisgekrönte Kurzgeschichte „The Star" wurde dem Band „Die andere Seite des Himmels" entnommen (The Other Side of the Sky). „Nicht nur der literarische Einfall und die Qualität des Stils hat diese Erzählung preiswürdig gemacht, sondern die Ehrlichkeit der Masken, aus der der melancholisch-skeptische Frager Clarke hier spricht. Den Zeitgenossen der Konzentrationslager und des technischen Massenmordes interessiert die Frage nach der Rechtfertigung Gottes auffallend wenig – weil er nicht mehr fragt. So mag er in der Verfremdung der SF-Story solche Fragen wieder stellen lernen." (Friedrich Schwanecke)

Ray Douglas Bradbury, geb. 1920 in Waukegan/Illinois, Besuch der höheren Schule in Los Angeles, Lebensunterhalt als Zeitschriftenverkäufer und Schauspieler, bis er 1940 mit der Veröffentlichung von Romanen, Erzählungen, Hör- und Fernsehspielen beginnt, die zum großen Teil der SF zugehören; 1946 mit dem ‚O'Henry-Preis' für seine Kurzgeschichten ausgezeichnet. 1951 erschien sein bekanntester Roman „Fahrenheit 451", der zur Gattung der Menetekel-Utopie gehört und von François Truffaut verfilmt wurde. – Unsere Kurzgeschichte stammt aus dem Band „The Illustrated Man", einer klassischen Story-Sammlung, die durch den Reichtum an Thematik wie durch die Kraft zu knapper, treffsicherer Gestaltung zum Besten gehört, was die Gattung zu bieten hat. Selten ist das Ende der Menschheit so unpathetisch und versöhnlich dargestellt worden wie hier.

V. Sachverzeichnis

Vorschläge zur möglichen Koordinierung der Texte nach formalen und thematischen Gesichtspunkten

(1) Texte der Science-fiction ‚proper'
 (z. B.:) Asimov, Dickson, Ewers, Simak, Thomas

(2) Texte der Science-‚Fantasy'
 (z. B.:) Aldiss, Bradbury, Sheckley, van Vogt, Wyndham

(3) Phantastische Texte ohne ‚human interest' (‚Spielliteratur')
 von Cramer, Ewers, van Vogt, Weinbaum

(4) Texte mit literarischen Besonderheiten
 Aldiss, von Cramer, Dickson, Heinlein, Kaschnitz, Slesar, Zelazny

(5) Humor, Ironie, Satire, Parodie
 von Cramer, Dickson, Verne, Weinbaum, Zelazny

(6) Texte mit besonders pointiertem Schluß
 Asimov, Clarke, Dickson, Thomas, Silverberg

(7) Ideologie: Ideologieabwehr
 (vgl. z. B.:) Scheer:von Cramer, Heinlein:Kaschnitz, Campbell:Simak

(8) Texte mit prognostischem Anspruch
 (z. B.:) Dickson, Huxley, Verne, Zelazny

(9) Texte ohne prognostischen Anspruch
 (z. B.:) Bradbury, von Cramer, van Vogt, Wyndham

(10) Texte mit gegenwartskritischem Bezug
 (z. B.:) Bradbury, Dickson, Franke, Huxley, Thomas, Wyndham, Zelazny

(11) Zukunftsoptimismus
 Simak, Verne, Wells, Wyndham

(12) Zukunftspessimismus
 Dickson, Franke, Huxley, Niven, Zelazny

(13) Staatsautorität
 Dickson, Franke, Huxley, Silverberg, Thomas

(14) Kriminalität, polizeiliche Verhaltensweisen
 Dickson, Niven, Silverberg, Thomas

(15) Soziale Klassen
 Asimov, Franke, Huxley

(16) Menschen in Konfliktsituationen
Asimov, Clarke, Silverberg, Simak, Slesar, Wyndham

(17) Zweierbeziehungen
Aldiss, Bradbury, Slesar

(18) Kampfsituationen
Campbell, von Cramer, Scheer, Zelazny

(19) Helden
Aldiss, von Cramer, Heinlein, Silverberg, Simak, Wells, Zelazny

(20) Anti-Helden
Bradbury, Clarke, Dickson, Franke, Kaschnitz, Slesar, Thomas

(21) Bewußtseinsveränderung, -erweiterung
Aldiss, Bradbury, Niven, Sheckley, Slesar, Wyndham

(22) Biologische, psychologische, genetische Manipulation des Menschen
Aldiss, Franke, Huxley, Niven, Simak, Slesar, Thomas

(23) Medizin
Asimov, Silverberg, Simak, Slesar

(24) Fremde Lebensformen
Campbell, Clarke, Sheckley, Simak, van Vogt, Weinbaum

(25) Natur
Kaschnitz, Simak, van Vogt, Weinbaum, Wyndham

(26) Erfinder, Entdecker, Forscher
Clarke, Sheckley, Silverberg, Simak, Weinbaum, Wells

(27) Maschinentechnik
Campbell, Dickson, Ewers, Heinlein, Huxley, Scheer, Sheckley, Silverberg, Simak, Verne, Wells, Wyndham, Zelazny

(28) Automobile
Thomas, Zelazny

(29) Roboter, Computer, kybernetische Geräte
Asimov, Dickson, Franke, Sheckley, Zelazny

(30) Raumfahrt
Aldiss, Clarke, von Cramer, Heinlein, Kaschnitz, Scheer, Sheckley, Simak, Verne, van Vogt, Weinbaum

(31) Zeitreise, Parallelwelten
Niven, Silverberg, Wells

(32) Alltag in der Zukunft, in andern Welten
Bradbury, Dickson, Franke, Kaschnitz, Thomas, Wyndham

VI. Bibliographie

Aus der unübersehbaren Fülle des Angebots an SF-Texten (selbst in deutscher Sprache) können wir selbstverständlich nur eine schmale Auswahl bieten, eine Art ‚check-list' derjenigen Bücher, die zu einem umfassenden Überblick über Schreibtechnik und Themenkreis der SF notwendig sind. Jedoch soll den hier bibliographierten Texten nicht eine wie immer gedachte Güte-Plakette aufgeklebt werden, etwa im Sinn des ‚The Best of the Best ...' der englischen Anthologien. Vielmehr haben wir uns bemüht, solche Texte zusammenzustellen, die aus mancherlei Gründen Interesse verdienen. So wird etwa ein Text genannt, weil er für die Geschichte der Gattung unentbehrlich ist, ein anderer, weil ihn ein Außenseiter geschrieben hat, ein dritter, weil er besonders deutlich mißlungen scheint, ein vierter, weil das darin enthaltene Problem zur Diskussion einlädt, ein fünfter, weil er – nach unserer Ansicht – ein besonders hohes künstlerisches Niveau aufweist, usf.

Titel, die das Zeichen *, ** bzw. *** erhalten haben, sind in Form von Kurzcharakteristiken besprochen in unseren beiden Bibliographien zur SF-Literatur, die in Heft 4/1968, 1/1971 bzw. 3/1973 der „Blätter für den Deutschlehrer" erschienen sind. Es handelt sich dabei um besonders wichtige Titel. Diese Kennzeichnung wurde auch bei den Sekundär-Werken vorgenommen.

Der Schwerpunkt der Text-Bibliographie liegt bei den deutschsprachigen Ausgaben. In einigen Fällen, vor allem bei den Anthologien (die besonders empfohlen seien), wurden jedoch englischsprachige Ausgaben, die nicht in deutscher Übersetzung vorliegen, eingearbeitet, wenn es sich dabei um besonders wichtige Werke handelt. Stets angegeben wurde nach dem deutschen Titel der Originaltitel, sowie zusätzlich eine englische Buchausgabe und das Entstehungsjahr des betreffenden Werkes, soweit uns Unterlagen zur Verfügung standen. Bei den Nummern der englischen und amerikanischen Taschenbuchausgaben sollte allerdings bedacht werden, daß häufig Änderungen vorgenommen werden.

Ausgesprochen triviale SF haben wir nur exemplarisch, d.h. in einigen wenigen Titeln aufgeführt. Vorläufer der SF (Texte vor Jules Verne) sind grundsätzlich weggeblieben. Auf diesen beiden Gebieten dürften wohl auch die geringsten Schwierigkeiten bei der Text-Beschaffung bestehen.

Die verwendeten Abkürzungen für die Taschenbuch- und Paperback-Reihen bedeuten:

Ace	Ace Publishing Corporation, New York
Ar	Die Kleinen Bücher der Arche
Av	Avon Books, The Hearst Corporation, New York
Ball	Ballantine Books, Curtis Circulation Company, Philadelphia
Ban	Bantam Books Inc, New York
Coll	Collier Books, Collier-Macmillan Ltd, London
Cor	Corgi Books, Transworld Publishers Ltd, London
Cr	Crest Books, Fawcett Publications Inc, New York
Dell	Dell Books, Dell Publishing Corporation, New York
Di	Diana Paperbacks, Zürich
Dob	Dobson Books, London
Dov	Dover Books, Dover Publications Inc, New York
dtv	Deutscher Taschenbuch-Verlag, München
ELB	Edition Langewiesche-Brandt, Ebenhausen bei München
Faw	Fawcett Books, Fawcett Publ. Inc, New York
Fi	Fischer-Bücher, S.-Fischer-Verlag, Frankfurt am Main
Fi0	Fischer-Bücher, „Fischer-Orbit"
Fon	Fontana Books, Wm. Collins Sons and Co, Glasgow
FS	Four Square Books, New English Library Ltd, London
GM	Gold Medal Books, Fawcett Publ. Inc, New York
Go	Goldmanns Gelbe Taschenbücher, W.-Goldmann-Verlag, München
GoW	Goldmanns Weltraum Taschenbücher, W.-Goldmann-Verlag, München
He	Herder-Bücherei, Herder Verlag, Freiburg/Br.
Hey	Heyne-Bücher, Wilhelm-Heyne-Verlag, München
HeyA	Heyne-Anthologien, Wilhelm-Heyne-Verlag, München
JV	Jules-Verne-Ausgabe der Fischer-Bücher (s. o.)
Ki	Kindlers Taschenbücher, Kindler-Verlag, München
Lan	Lancer Books Inc, New York
Li	Lichtenberg Science Fiction, Kindler-Verlag, München
May	Mayflower Books Ltd, London
Med	Medallion Books, Berkley Publications, New York
MF	MacFadden Books, MacFadden-Bartell Corporation, New York
MvS	Marion-von-Schröder-Verlag, Düsseldorf
PB	Pocket Books, Simon and Schuster, New York
Pen	Penguin Books Ltd, Harmondsworth, Mddx.
PL	Paperback Library, New York
Pth	Panther Books, Hamilton and Co. Ltd, London
Pyr	Pyramid Books, New York
Ro	Rowohlts Rotations-Romane, Rowohlt-Verlag, Reinbek b. Hamburg
Si	Signet Books, The New American Library, New York
Sph	Sphere Books Ltd, London
Te	Terra Science Fiction, Moewig-Verlag, München
Ull	Ullstein-Bücher, Ullstein-Verlag GmbH, Frankfurt am Main
Weiß	Taschenbücher des Gebrüder-Weiß-Verlages, Berlin

1. Texte

      Aldiss, Brian W.: Am Vorabend der Ewigkeit (The Long Afternoon of Earth) (1952) Hey 3030
      – Aufstand der Alten (Greybeard) (1964) Hey 3107
** – Das Ende aller Tage (Galaxies like Grains of Sand) (1960) Te 120
      – u. *Harrison, Harry* (Hsg.): Der Tag Million. Nebula Award Stories II (Nebula Award Stories 2) Li Pth 3342
*** – Der unmögliche Stern (Best Science Fiction Stories). Frankfurt/M. 1972 (Insel-Verlag)
** – Die neuen Neandertaler (Intangibles Inc.) (1969) Hey 3195, Av 2322
      – Fahrt ohne Ende (Starship) (1958) Hey 3191, Av 2321
      – Hot House (1962) FS 1147
      – (Hsg.): Penguin Science Fiction, More Penguin Science Fiction, Yet More about Science Fiction (3 Anthologien) Pen
*** – *Harrison* und *Anderson* (Hsg.): Steigen Sie um auf Science Fiction. Preisgekrönte Utopien (Scott, Gunn, Wilson, Shaw, Hollis, Aldiss, Wilhelm, Carr). Kindler-Verlag 1972
      – Sternenschwarm (Starswarm) (1964) Hey 3124, Si D 2411
** – Tod im Staub (Earthworks) (1965) Li
    Anabis (Zeitschrift). Magazin für Utopie und Phantastik, Berlin 1970ff.
* *Anderson, Poul:* Die Macht des Geistes (Brain Wave) (1954) Hey 3095, Ball
*** *Anthony, P.:* Chthon oder Der Planet der Verdammten (Chthon). MvS 1971
* *Asimov, Isaac:* Galaktische Trilogie. 1: Der Tausendjahresplan (Foundation), 2: Der galaktische General (Foundation and Empire), 3: Alle Wege führen nach Trantor (Second Foundation) (1951), Hey 3080, 82, 84, Pth and Av
* – Geliebter Roboter (Earth is Room enough) (1957) Hey 3066, Cr 1401 und Pth 1042
* – Ich, der Robot (I, Robot) (1950) Hey 3217, Cr 1453 und Pth 2532
*** – Lunatico oder Die nächste Welt (Lunatico). Scherz-Verlag München 1972
      – Science Fiction Kriminalgeschichten (Asimov's Mysteries) (1937–1968) Hey 3135, Dell 0307
      – u. *Conklin, Groff* (Hsg.): 50 Short Science Fiction Tales (Asimov, Boucher, Brown, Clarke, Finney, Heinlein, Kornbluth u.v.a.) (1963) Coll 01639
      – (Hsg.): Soviet Science Fiction, More Soviet Science Fiction (2 Anthologien) Coll
      – (Hsg.): The Hugo Winners (Keyes, Russell, Clarke, Miller, Anderson, Leinster, Davidson, Simak, Bloch) Pen 1905
      – Wasser für den Mars (The Martian Way) (1955) GoW 050, Cr 1289
*** *Ball, B.N.:* Blockade FiO 6
    Balmer, E. u. *Wylie, Ph.:* Wenn Welten zusammenstoßen (When Worlds collide) Hey 3178, PL 64–361
      – Auf dem neuen Planeten (After Worlds collide) Hey 3183, Pl 64–360

Ballard, James G.: Der Sturm aus dem Nichts (The Wind from Nowhere) (1962) Hey 3158, Pen 2591
*** – Der unmögliche Mensch und andere Stories (The Impossible Man) (1966) MvS
*** – Die tausend Träume von Stellavista und andere Vermilion Sands Stories MvS
*** – Karneval der Alligatoren (The Drowned World) (1962) MvS, Berkley Publishing Corp., New York
** – Kristallwelt (The Crystal World) (1966) MvS, Med X 1380
** *Bergner, Wulf H.* (Hsg.): Welt der Illusionen (19. Folge der deutschen Auszüge aus „The Magazine of Fantasy and Science Fiction") (Bulmer, Aldiss, Scott u. a.) Hey 3110
* *Bester, Alfred:* Die Rache des Kosmonauten (The Stars My Destination) (1956) Hey 3051, Ban H 4815 und Pth 973
– Sturm aufs Universum (The Demolished Man) (1953) GoW 012, Si D 2679 und Pen 2536
Biggle, Lloyd: Spiralen aus dem Dunkel (The Fury out of Time) (1965) GoW 096, Med X 1393
Bleiler, E. F. u. *Dikty, T. E.* (Hsg.): The Best Science Fiction Stories 1949 ff. (Asimov, Bester, Bradbury, Brown, Coupling, Dickson, Kornbluth, Kubilius, Leiber, Matheson, Porges, Shiras, Tenn u. v. a.) New York 1949 ff.
Blish, James: Auch sie sind Menschen (The Seedling Stars) (1957) GoW 07
– Der Gewissensfall (A Case of Conscience) (1958) Hey 3334
** *Blish, James* u. *Knight, Norman L.:* Tausend Milliarden glückliche Menschen (A Torrent of Faces) (1965–1967) MvS, Ace 81780
Boardman, Tom (Hsg.): Connoisseur's S. F. (Finney, Brown, McIntosh, Pohl, Bester, Ballard, Russell, Asimov, Vonnegut, Sturgeon) (1964) Pen 2223
*** *Bogdanov, A. A.:* Der rote Stern. Makol-Verlag 1972
Bond, Nelson: Insel der Eroberer (No Time like the Future) (1954) Hey 3034
* – Lancelot Biggs' Weltraumfahrten (Lancelot Biggs: Spaceman) Hey 3006, Weiß
Botond-Bolics, György: Tausend Jahre auf der Venus (Ezer év a Vénuszon) (1966) MvS, Hey 3249/50 Verlag Móra Ferenc, Budapest
Boucher, A. u. *McComas, F.* (Hsg.): The Best from Science Fiction I + II (Bester, Clingerman, Fyfe, Goulart, Henderson, Robin, Seabright, Sprague de Camp, Wyndham u. a.) Boston 1951/3
Boulle, Pierre: Planet der Affen (Planet of the Apes) GoW 059, Si P 3399
Bradbury, Ray: Das Böse kommt auf leisen Sohlen (Something Wicked this Way comes) (1963) MvS, R. Hart-Davis Ltd., London
* – Der illustrierte Mann (The Illustrated Man) (1951) Hey 3057, Ban S 4482
* – Fahrenheit 451 (Fahrenheit 451) (1953) Ull 114 und Hey 3112, Ball 01636 und Cor 7654
** – Geh nicht zu Fuß durch stille Straßen (The Golden Apples of the Sun) (1948–1959) MvS, Cor 8454
*** – Mars-Chroniken (The Martian Chronicles) MvS

** – Medizin für Melancholie (Medicine für Melancholy) MvS, Hey 3267, Ban
   – The Martian Chronicles (1950) Ban N 5613
   Brandner, Uwe: Mutanten Milieu. Bericht aus dem Land Asphalt & Asphalt. München 1971 (Hanser-Verlag)
* *von Braun, Wernher:* Erste Fahrt zum Mond (First Men to the Moon) (1958) Fi 382
   Brown, Fredric: Der Unheimliche aus dem All (The Mind Thing) (1961) Hey 3050
   – Der engelhafte Angelwurm. Absonderliche Erzählungen (aus verschiedenen Story-Sammlungen des Autors).Zürich 1966(Diogenes-Verlag),E.P. Dutton, New York
*** *Bruckner, Winfried:* Tötet ihn! (1967) GoW 157
* *Brunner, John:* Beherrscher der Träume (Telepathist) (1965) GoW 068, Pen 2715
   – Stand on Zanzibar (1969) Ball
   Budrys, Algis: Die sanfte Invasion (The Furious Future) (1963) GoW 055
* – Projekt Luna (Rogue Moon) (1960) Hey 3041, GM 540
   – The Amsirs and the Iron Thorn, Faw D. 1852
   Burroughs, Edgar Rice: Piraten der Venus (Pirates of Venus) (1932) Hey 3188, FS 820 B
   – Three Martian Novels, Dov 14
** *Caidin, Martin:* Der große Computer (The God Machine) (1968) Hey 3163/4
   Campbell, John W.: Das Ding aus einer andern Welt (Who goes there?) Weiß
   – Der unglaubliche Planet (The Incredible Planet) Hey 3231/2
** *Čapek, Karel:* Der Krieg mit den Molchen (Válka s mloky) (1936) Ull 2795
   – R.U.R. Drama. 1920, dtsch. 1922
*** *Capoulet-Junac, E. de:* Pallas oder die Heimsuchung (Pallas ou la Tribulation). Insel-Verlag 1971
   Carnell, John (Hsg.): New Writings in SF (jährlich; 17 Folgen liegen bis 1971 vor) Cor
   Carr, Terry (Hsg.): Die Superwaffe (Science Fiction for People who hate Science Fiction) (Brown, Knight, Gold, Clarke, Anderson, Shiras, Carr, Hamilton, Heinlein) (1966) GoW 095
*** *Charbonneau, L.:* Der Gott der Perfektion. GoW 132
   Clarke, Arthur C. (Hsg.): Komet der Blindheit (Time Probe) (1966) (Leinster, Thomas, Silverberg, Schmitz, Asimov, Latham, Clarke, Vance, Julian Huxley. Jeder Autor schreibt zu einem wissenschaftlichen Fachgebiet.) Hey 3239/40
** – Die andere Seite des Himmels (The Other Side of the Sky) (1961) GoW 019, Si D 2433 und Cor 8306
* – Inseln im All (Islands in the Sky) GoW 06 (Awa-Verlag)
*** – Odyssee im Weltraum (Space Odyssee) (1970), Econ, Hey 3259/60
* – Projekt Morgenröte (Sands of Mars) (1952) GoW 013, Sph

**   – Unter den Wolken der Venus (Tales of Ten Worlds) (1962) GoW 083, Harbrace Paperbacks
**   – Verbannt in die Zukunft (Expedition to Earth) (1954) GoW 054, Sph 24074 und Ball 01559

Clifton, Mark: MacKenzies Experiment (The Kenzie Experiment) GoW 040
Conklin, Groff (Hsg.): Big Book of Science Fiction. New York 1950
– (Hsg.): Great Science Fiction by Scientists. Coll
– (Hsg.): Great Science Fiction about Doctors. Coll
– (Hsg.): Invaders of Earth (Boucher, Clingerman, Grendan, Koch, Mac Lean, Russell, St. Clair, Sturgeon, Tenn, Wollheim) New York 1952
– (Hsg.): Possible Worlds of Science Fiction (Anderson, Asimov, Bond, Bradbury, Clarke, Heinlein, Leinster, Simak, Sturgeon, van Vogt, Vance u. a.) New York 1951
– (Hsg.): Science Fiction Galaxy. New York 1950 (Perma-Books)
– (Hsg.): Science Fiction Terror Tales. PB 75413
– (Hsg.): Seven Trips through Time and Space. Faw R 1924
– (Hsg.): 17 × Infinity. Great Science Fiction (Asimov, Bradbury, Fast, Forster, Herbert, Kipling, Pohl, Seabright, Sturgeon, Tenn u. a.) (1963) Dell 7746
– (Hsg.): The Best Science Fiction. New York 1946
– (Hsg.): Treasury of Science Fiction. New York 1948
– (Hsg.): Twelve Great Classics of Science Fiction. GM 2192

*   *Cooper, Edmund:* Die Welt der zwei Monde (Transit) (1964) Hey 3037, Lan 73–690
**   *Crichton, Michael:* Andromeda (Andromeda Strain) Droemer-Knaur 1969, Dell 0199–1

Crispin, Edmund (Hsg.): Best SF, Best SF Two (2 Anthologien). London 1958 (Faber and Faber)
Crossen, K. F. (Hsg.): Future Tense – New and Old Tales of Science Fiction (Blish, Boucher, Crossen, Gardner, Kuttner, Monig, Moore u. a.) New York 1952
Darlton, Clark (= *Walter Ernsting):* Hades – Die Welt der Verbannten (1966) Te 127
Daventry, L.: Mister Coman hoch drei (The Man of Double Deed) (1965) MvS, Pan
Davidson, Avram (Hsg.): The Best from Fantasy and Science Fiction (jährlich) (1956 ff.) Ace 05449 ff.
Delany, Samuel R.: Babel-17 (1969) Sph
– Out of the Dead City (der erste Teil von „The Fall of the Towers") (1968) Sph 28835
***   – Einstein, Orpheus und andere (The Einstein Intersection) MvS, Sph
Derleth, August (Hsg.): Beyond Time and Space. New York 1950
– (Hsg.): From Other Worlds. Sph
– (Hsg.): New Worlds for Old (Bradbury, Sturgeon, F. B. Long u. a.). FS 842 B

- (Hsg.): Paradies II (Time to Come) (1954) (Anderson, Asimov, Beaumont, Clarke, Dick, Sheckley, Smith) Hey 3181
- (Hsg.): Strange Ports of Call (Bond, Keller, Wandrei, England, Lovecraft, Dunsany, Leiber, Wells, Keeler, Kuttner, C. A. Smith, Long, Simak, Miller, van Vogt, Sturgeon, Heinlein, Wylie, Bradbury) New York 1948
- (Hsg.): Worlds of Tomorrow. FS 794 B

*** *Dick, Philip K.:* LSD-Astronauten (The Three Stigmata of Palmer Eldritch) (1964) Insel-Verlag 1971
 - Träumen Roboter von elektrischen Schafen? (Do Androids dream of Electrical Sheep?) (1968), MvS, Hey 3273, Si T 3800

Dickson, Gordon R.: Soldier, ask not (1964) Dell

Disch, Thomas M.: Camp Concentration (Camp Concentration) (1969) Li Pth

*** - Die Duplikate (Echo Round his Bones) (1969) Hey 3294

Döblin, Alfred: Berge, Meere und Giganten. 1924

Dominik, Hans: Atomgewicht 500 (1935) Überreuter-Tb 102
 - Der Brand der Cheops-Pyramide (1926) Überreuter-Tb 104
 - Befehl aus dem Dunkel. Hey 3319
 - Land aus Feuer und Wasser. Hey 3703
 - Lebensstrahlen. Hey 3287
 - Himmelskraft. Hey 3279
 - Die Spur des Dschingis Khan. Hey 3271

Doyle, Sir Arthur Conan: Die vergessene Welt (The Lost World) Hey 3715, Med und Murray-Books (London)

 * *Dürrenmatt, Friedrich:* Das Unternehmen der Wega (1958) Ar 264

** *Ellison, Harlan* (Hsg.): 15 Science Fiction Stories I (Dangerous Visions) Hey A 32, Berkley Books (New York)

** - (Hsg.): 15 Science Fiction Stories II (Again, Dangerous Visions) HeyA 34, Berkley Books (New York) 1704 (In beiden Anthologien Texte von Silverberg, Bloch, Ellison, Hensley, Sladek, Delany, Laumer, Spinrad, Zelazny, Dorman, Ballard, Sturgeon u.v.a.)

Elwood, Roger u. *Moskowitz, Sam* (Hsg.): Alien Earth and other Stories (Asimov, Bloch, Bradbury, Clarke, Gardner, Hamilton, Norton, Simak, van Vogt) (1969) MF 520–00219

 * *Ernsting, Walter* (Hsg.): Galaxy 6 (die 6. Folge der deutschen Auswahlbände aus dem amerikanischen Magazin „Galaxy") (Simak, Tenn u. a.) Hey 3077

Ewers, H. G. (= *Horst Gehrmann*): Wächter der Venus (1967) Te 129

 * *Fast, Howard:* Die neuen Menschen (The Edge of Tomorrow) (1961) GoW 66, Cor 1107

Ferman, Edward L. (Hsg.): The Best from Fantasy and Science Fiction (jährlich) Pth 2847 (15. Folge 1971)

Fisher, Michael: Der Spiegelkäfig (The Captives) Li

Franke, Herbert W.: Das Gedankennetz (1961) GoW 021
 - Die Glasfalle (1962) GoW 041

- * – Die Stahlwüste (1962) GoW 062
- – Der Elfenbeinturm (1965) GoW 049
- * – Der grüne Komet (1964) GoW 037
- – Der Orchideenkäfig (1961) GoW 018
- – Einsteins Erben. Insel-Verlag 1972
- ** – Zone Null (1970) Li
- * *Galouye, Daniel F.:* Basis Alpha (Recovery Area and Other Stories) (1966) Te 131

  George, Peter: Die Welt am letzten Tag (Commander-1) (1965) Wien-Hamburg 1966 (Paul-Zsolnay-Verlag)

  Gernsback, Hugo: Ralph 124 C 41 + – A Romance of the Year 2660, in: Gernsback, H. (Hsg.) Modern Electrics 1911 ff.

  Gilbert, S.: Aufstand der Ratten (Ratman's Notebooks) (1968) MvS, Michael Joseph, London

- ** *Ginsburg, Mirra* (Hsg.): Draußen im Weltraum (Last Door to Aiya) (1968) (Russische SF von Dnjeprow, Greschnow, Grigoriew, Parnow, Jemstew, Poletschuk, Warschawskij, Strugatskij) Hey 3216

  Gold, L. (Hsg.): Five Galaxy Short Novels. PB M 4158

  Graf, Oskar Maria: Die Eroberung der Welt. München 1947

  Günther, Gotthard (Hsg.): Überwindung von Zeit und Raum (Asimov, Campbell, Piper, van Vogt) Düsseldorf 1952 (Rauch-Verlag)

- ** *Harrison, Harry:* Brüder im All (Two Tales and Eight Tomorrows) (1965) GoW 097
- – Der Daleth-Effekt (In Our Hands the Stars) Li
- – Die Roboter rebellieren (War with the Robots) (1962) GoW 026, Pyr X 1898
- – Retter einer Welt (Planet of the Damned) (1962), Hey 3058, Cor J 2316
- *** – Welt im Fels. Li
- – u. *Aldiss, Brian W.* (Hsg.): Year's Best Science Fiction (jährlich) Sph (London 1967 ff.)
- * *Hauser, Heinrich:* Gigant Hirn (1955) GoW 05

  Healy, J. u. *MacComas, J. Francis* (Hsg.): Famous Science Fiction Stories. Adventures in Time and Space. New York 1957

- * *Heinlein, Robert A.:* Bewohner der Milchstraße (Citizen of the Galaxy) Hey 3054
- ** – Bürgerin des Mars (Podkayne of Mars) (1963) GoW 028, Av 335 und Med
- ** – Die grünen Hügel der Erde (The Green Hills of Earth) (1951) GoW 034, Si T 3193
- – Die Zeit der Hexenmeister (Waldo and Magic Inc.) (1940 und 1942), Hey 3220, Pth 02352 und Si T 4142
- ** – Ein Mann in einer fremden Welt (Stranger in a Strange Land) (1961) Hey 3170/71/72, FS 1282 und Med 1756
- ** – Tür in die Zukunft (The Door into Summer) (1956) GoW 075, Si T 3750
- * *Herbert, Frank:* Der Wüstenplanet (Dune) (1965) Hey 3108/09, Ace 17261
- – Der Herr des Wüstenplaneten (Dune Messiah). Hey 3266

*** – Ein Cyborg fällt aus (Destination Void) Li, Pen 2689
Hesse, Hermann: Das Glasperlenspiel. Zürich 1943
Hodder-Williams, Christopher: Der große summende Gott (A Fistful of Digits) (1968) MvS, Hodder & Stoughton Ltd., London
Howard, Robert E.: Conan (Band 1 der „Conan"-Serie) Hey 3202, Lan
** *Hoyle, Fred* u. *Elliot, John:* A wie Andromeda (A for Andromeda/Andromeda Breakthrough) Fi 1088 (1962, 1964) Cor YS 1300, 8199
*** – und Hoyle, G.: Raketen auf Ursa Major (Rockets in Ursa Major) MvS 1970
* *Hoyle, Fred:* Das Geheimnis der Stadt Caragh (Ossian's Ride) (1961) Hey 3061, FS 317 B und Med 81506
** – Die schwarze Wolke (The Black Cloud) Hey 3187, Si 3384 und Pen 1466
– October the First is too Late. Cr R 1155 und Pen 2886
* *Huxley, Aldous:* Affe und Wesen (Ape and Essence) (1948) Zürich 1951 (auch Ki 49), Ban Classics HC 152
* – Schöne neue Welt (Brave New World) (1932) Fi 26, Ban Classics FC 85
– 30 Jahre danach (Brave New World Revisited) (1958)
*** *Jefremow, I.:* Das Mädchen aus dem All. Hey 3226/27
Jens, Walter: Nein – Die Welt der Angeklagten. München 1950 und 1968
** *Jeschke, Wolfgang:* Der Zeiter (1970) Li, Hey 3328
– Die sechs Finger der Zeit. Li
– (Hsg.): Planetoidenfänger (McLaughlin, MacKenzie, Reynolds, Piper) Li
Jones, Daniel F.: Colossus (Colossus) GoW 094
* *Jünger, Ernst:* Gläserne Bienen (1957) Ro 385
– Heliopolis; Rückblick auf eine Stadt. Tübingen 1949
Kellermann, Bernhard: Der Tunnel. (1931) Hey 3311
Kneifel, Hans: Raumschiff-Orion-Reihe (1968 ff.) Te 134 ff. (ca. 30 Bde.)
*** *Keyes, Daniel:* Charly (Flowers for Algernoon) (dt. 1972) dtv 833
Knight, Damon (Hsg.): A Century of Great Short Science Fiction Novels. May 583 11163
– Analogue Men (1955) Sph 53006
** – (Hsg.): Computer streiten nicht (Zelazny, Dickson, Ellison u. a.) Der Gigant (Ballard, Zelazny, Niven, Aldiss) (2 Anthologien) (Nebula Award Stories 1965), Li, PB 671–75275
– Damon Knight's Collections (Orbit) Bde. 1–8, FiO, Med
– (Hsg.): 13 French Science Fiction Stories (Cheinisse, Damonti, Dorémieux, Henneberg, Klein, Mille, Veillot, Vian u. a.) (1965) Ban F 2817
** – Welt ohne Maschinen (Three Novels) (1951–1957) GoW 092, Berkley Books (New York) 1706
– (Hsg.): Worlds to Come (Clarke, Bradbury, Asimov, Kornbluth, u. a.) Faw R 1942
** *Kornbluth, C. M.:* Herold im All (Best Science Fiction Stories of C. M. Kornbluth) (1968) GoW 0108
Kubin, Alfred: Die andere Seite (1909) dtv sr 8

- *** *Landfinder, Thomas* (Hsg.) Liebe 2002. erotic science fiction (Asimov, Clarke, Cliff, Farmer, Knight, Vonnegut, Silverberg, u. a.) Frankfurt/M. 1971 (Bärmeier-u.-Nikel-Verlag)
- *** *Laßwitz, Kurd:* Auf 2 Planeten (1897) Heinrich-Scheffler-Verlag 1969
  – Bilder aus der Zukunft (1878) Fotomechanischer Nachdruck 1964 (Bleymehl-Verlag Fürth/Saarland)
- ** *Laumer, Keith* u. *Brown, Rosel George:* Blut der Erde (Earthblood) 1966) Hey 3146/47
- *** *Leiber, Fritz:* Die programmierten Musen (The Silver Eggheads) (1961) FiO 8
  – Wanderer im Universum (The Wanderer) (1964) Hey 3096, Ball 01635 und Pen 2594
- ** *Leinster, Murray:* Eroberer des Alls (Men into Space) Te 148
  – Great Stories of Science Fiction (Cartmill, Friend, Jenkins, Leinster, Padgett, Shiras, Sturgeon u. a. New York 1951
  Lem, Stanislaw: Nacht und Schimmel. Science-fiction-Erzählungen. Frankfurt/M. 1971 (Insel-Verlag)
  – Robotermärchen (Bajki robotow) (1965). Berlin 1969
- *** – Solaris (Solaris) MvS
- ** – Test (Test) (1968) Fi 1156
- *** – Der Unbesiegbare. Fi 1199
- *** *Lengyel, Peter:* Der zweite Planet der Ogg. MvS
- *** *Levin, Ira:* Die sanften Ungeheuer (This Perfect Day) (1970). Hoffmann-und-Campe-Verlag Hamburg
  Lewis, Clive Staples: Perelandra-Trilogie. 1: Jenseits des schweigenden Sterns (Out of the Silent Planet) (1938), 2: Perelandra oder Der Sündenfall findet nicht statt (Perelandra)(1943), 3:Die böse Macht(That Hideous Strength) (1945) Hegner-Verlag Köln 1948–1954 und Ro 289 (1) He 52 (2) He 82 (3), Pth G 403, 404, 421
  Lovecraft, Howard Phillips: Erzählungen (4 Bde. bis April 1971), Wiesbaden 1970f. (Insel-Verlag, „Bibliothek des Hauses Usher")
- ** *Malec, Alexander:* Sperrzone Mond (Extrapolasis) (1967) GoW 0121
  Maly, Herbert (Hsg.): Der metallene Traum – eine Sammlung von „Trip"-Stories, Li (angekündigt)
  Matheson, Richard: Ich, der letzte Mensch (I am Legend) (1954) Hey 3196, Cor SS 1213
- *** – Der letzte Tag (The Shores of Space) (1957). GoW 146
  – Shock! (1961) Dell B 195
  – Third from the Sun (1954) Ban J 2467
  Merril, Judith (Hsg.): SF – The Best of the Best I and II (2 Anthologien (1966, 1967) May
  – (Hsg.): The Best of Sci-Fi (jährlich) May (1955ff.) und Dell
- *** *Miller, Walter M.:* Lobgesang auf Leibowitz (A Canticle for Leibowitz) (1959) MvS, J. P. Lippincott/Philadelphia

    Miller, P. Schuyler: Adventures in Time and Space (1937). New York 1937

    Mills, Robert P. (Hsg.): The Best from Fantasy and Science Fiction (jährlich) Doubleday Publ. 1950 ff.

*** *Mommers, H. W., Krauß, A. D.* u. *Straßl, H.* (Hsg.): 8 Science-Fiction-Stories (Williamson, Asimov, Brown, Leiber u. a.), 10 Science-Fiction-Kriminalstories (Galouye, Cordwainer Smith u. a.), 7 Science-Fiction-Stories, 9 Science-Fiction-Stories (Asimov, Aldiss, Simak, Sturgeon, Cordwainer Smith) (4 Anthologien) HeyA 8, 11, 17, 30

    Moorcock, Michael (Hsg.): Best Sf from „New Worlds" (jährlich) (6 Bände bis 1970) (Ballard, Jacobs, Thomas, Bailey, Emshwiller, Harrison, Moorcock u. v. a.) Pth

    – Eiszeit 4000 (The Ice Schooner) (1969) GoW 0111, Med

*** – I. N. R. I. oder Die Reise mit der Zeitmaschine (Behold the Man). MvS, May 58311787

    – Stormbringer. May 583 11343 und Lan 73–579

    – The History of the Runestaff (4 Bde.) May 583 11499 und Lan 73824

    – The Singing Citadel. May 583 11670 und Med

** *Naujack, Peter* (Hsg.): Die besten Science Fiction Geschichten (Asimov, Bradbury, Miller, Nourse, Christopher, Anderson, Clarke, McIntosh, Heinlein, Simak, Blish) Diogenes-Verlag Zürich 1962 (zuerst unter dem Titel „Roboter")

* *Nolan, William F.* (Hsg.) Die anderen unter uns (The Pseudo-People) (Asimov, Bradbury, Fritch, Goulart, Matheson, Nolan, Oliver u. a.) Hey 3120

* *Orwell, George:* 1984 (Nineteen Eighty-Four) (1949) Rastatt-Stuttgart 1950 (auch Di) Pen 140009728 und Si CT 311

    Padgett, Lewis (= *Henry Kuttner):* Die Mutanten (Mutant) (1953) Hey 3065

** *Panshin, Alexej:* Welt zwischen den Sternen (Rite of Passage) (1968) GoW 0122, Ace 72780

** *Pešek, Ludek:* Die Erde ist nah. Georg-Bittner-Verlag 1970

    Planet (Zeitschrift) – Die Zeitschrift für Zeitgenossen der Zukunft, München 1969 ff.

    Playboy's Book of Science Fiction and Fantasy. Playboy Press (New York) 0115

*** *Pohl, Frederik:* Die Zeit der Katzenpfoten (The Age of the Pussyfoot) (1969, FiO 13 MvS, Trident Press, New York

    – u. *Kornbluth, C. M.:* Search the Sky (1954) Ball 345–01660 und Pen 2633

*** – u. *Kornbluth, C. M.:* Eine Handvoll Venus und ehrbare Kaufleute (The Space Merchants) (1953). MvS, Ball

** *Raphael. Rick:* Die fliegenden Bomben (Code Three) (1963) Hey 3099

* *Roshwald, Mordecai:* Das Ultimatum (Level 7) (1959) Go 1752, Si P 3904

*** *Rottensteiner, Franz* (Hsg.): Die Ratte im Labyrinth. Eine Science-fiction-Anthologie. Insel-Verlag 1971

* *Russell, Erik Frank:* Ferne Sterne (Far Stars) GoW 033

– Menschen, Marsianer und Maschinen (Men, Martians and Machines) Hey 3113
** *Samjatin, Jewgenij:* Wir (My) (1920) Hey 3218 (Kiepenheuer u. Witsch)
   Santesson, H. S. (Hsg.): Fantastic Universe Omnibus. Pth 1414
** *Scheck, Frank Rainer* (Hsg.): Koitus 80 – Neue Science Fiction (Moorcock, Jones, Emshwiller, Butterworth, Ballard, Bailey, Evans, Jacobs, MacBeth, Sladek, Farrelly, Aldiss, Platt, Disch, Franklin, Zoline, Sallis) Köln 1970 (Kiepenheuer-u.-Witsch-Verlag)
** *Scheer, Karl Herbert:* Die Männer der Pyrrhus (1966) Hey 3070
   Scheerbart, Paul: Lesabéndio (1913) dtv sr 34
** *vom Scheidt, Jürgen:* (Hsg.): Das Monster im Park – 18 Erzählungen aus der Welt von morgen (von Braun, Anvil, Klein, Franke, Nesvadba, Sturgeon, Erwes, Spinrad, Dnjeprow, Bob Shaw, Budrys, Sheckley, vom Scheidt, Simak, Lem, Aldiss, Clarke) München 1970 (Nymphenburger Verlagshandlung)
   Schmidt, Arno: Die Gelehrtenrepublik – Kurzroman aus den Roßbreiten (1957) Fi 685 (Stahlberg-Verlag Karlsruhe)
   – Kaff, auch Mare Crisium (1960) Fi 1080 (Stahlberg-Verlag Karlsruhe)
 * *Science Fiction* – 5 Geschichten (zweisprachig) (Brown, Jordan, Kersh, Riley, Sheckley) (1967) ELB 87
** *Sellings, Arthur:* Elixier der Unsterblichkeit (The Long Eureka) (1968) GoW 0101, Dob
   – Fremdling auf der Erde (Time Transfer) 1956) GoW 046
*** *Shaw, Bob:* Die Antikriegs-Maschine (Ground Zero Man) (1971). GoW 153
** *Sheckley, Robert:* Das geteilte Ich (Store of Infinity) (1960) GoW 064
** – Die Menschenfalle (The People Trap) (1968) GoW 0110, Dell 6881
 * – Utopia mit kleinen Fehlern (Citizen in Space) (1955) GoW 081, Ball 2862
   Silverberg, Robert: Das heilige Atom (To open the Sky) (1967) Hey 3224, Ball
*** – Exil im Kosmos. Hey 3269
*** – Der Gesang der Neuronen (Thorns) (1967) Li
   – Macht über Leben und Tod. Hey 3282
** – (Hsg.): Die Mörder Mohammeds und andere time-travel-stories (Schuyler Miller, del Rey, Tenn, Bester, Anderson, Niven, Shore, Masson, Silverberg, Wells) (Voyagers in Time) (1967) MvS, Hey 3264, The Meredith Press New York 1967
** – (Hsg.): Menschen und Maschinen (Men and Machines) (1968) (Aldiss, Blish, del Rey, Garrett, Leiber, Saberhagen, Silverberg, G. O. Smith, Williamson) Te 181
** – Ufos über der Erde (Those Who watch) (1967) Te 141, Si
   – Zeitpatrouille. GoW 125
 * *Simak, Clifford D.:* Als es noch Menschen gab (City) (1952), GoW 036, Ace 10620
** – Das Tor zur andern Welt (The Worlds of Clifford Simak) (1963) GoW 015
** – Der einsame Roboter (All the Traps of Earth) GoW 045, MF

**   – Mann aus der Retorte (The Werewolf Principle) (1967) Hey 3126, Med S 1463
*   – Raumstation auf der Erde (Way Station) (1963) GoW 032, MF
Sissons, M. (Hsg.): Asleep in Armageddon (Bradbury u.a.) Pth 1379
Smith, E. E.: Die Planetenbasis (Triplanetary; 1. Band des „Lensmen"-Zyklus) (1948) Hey 3704, Pyr
Spiegl, Walter (Hsg.): Science Fiction Stories I, II, III, IV, (4 Anthologien bis 1971) (Schmitz, Russell, Chandler, del Rey, Hunter, Anderson, Bester, Cole, Clarke, Leinster u.a.) Ull 2000, aus dieser Reihe die Nummern 2760, 2773 usf.
von Ssachno, Helen (Hsg.): SF – wissenschaftlich-phantastische Erzählungen aus Rußland. Piper-Paperback 1963
*** *Stapledon, Olaf:* Der Sternenmacher (Star Maker) (1937) Hey 3706/07, Dov
– Die Insel der Mutanten (Odd John) (1935) Hey 3214, The Portable Novels of Science – New York 1945
– Last and First Men (1930) Pen 1875 und Dov
– Sirius (1944) Pen 1999
*** *Strugatzki, Arkadij* und *Boris:* Die bewohnte Insel. MvS
*** – Es ist nicht leicht, ein Gott zu sein (Trudno byt' bogom). MvS, Hey 3318
Sturgeon, Theodore: A Way Home. Stories of Science Fiction and Fantasy, ed. by Groff Conklin. New York 1955
– Das Milliarden-Gehirn (The Cosmic Rape) Hey 3062
** – Die neue Macht der Welt (More than Human) (1953) Hey 3200, Ball
– Parallele X (Sturgeon in Orbit) (1964) Hey 3140
* *Swoboda, Helmut* (Hsg.): Dichter reisen zum Mond. Utopische Reiseberichte aus zwei Jahrtausenden (Lukian, Pseudo-Kallisthenes, Firdusi, Ariost, Kepler, Godwin, Venator, Cyrano de Bergerac, Raspe/Bürger, Poe, Verne, Wells) (1969) Fi 1040
** – (Hsg.): Willkommen auf dem Mars. Berichte vom Leben auf anderen Planeten. Loewe-Verlag 1970
*** *Tenn, William* (= *Philip Klass*): Der menschliche Standpunkt (The Human Angle) (1956). Hey 3313
– (Hsg.): Outsiders. Children of Wonder (Texte von D.H. Lawrence, Catherine MacLean, Lewis Padgett u.a.)
*** – Das Robothaus (The Seven Sexes) (1968) Hey 3297
*** – Von Menschen und Monstren (Of Men and Monsters) (1968). Hey 3290
*** – Die Welt der Zukunft (Time in Advance) (1958) Pabel-Tb 249, Ban A 1786 ard u.a.) Li
* *Tevis, Walter:* Spion aus dem All (The Man Who fell to Earth) GoW 085, Lan
Tolstoi, Alexej: Aelita (1930) Weiß
* *Verne, Jules:* Reise um den Mond (1869) (Autor de la lune) Fi JV 5 und Ull 595
* – Reise zum Mittelpunkt der Erde (Voyage au centre de la terre) (1864) Fi JV 1

- * – Von der Erde zum Mond (De la terre à la lune) (1865) Fi JV 4
- * – 20 000 Meilen unter dem Meer (Vingt mille lieues sous les mers) (1869) Fi JV 6
- *** *Villiers des l'Isle, Adam:* Eva der Zukunft (ein SF-Roman aus dem 19. Jahrhundert). Rogner & Bernhard, München 1972
  van Vogt, Alfred Elton: Der Krieg gegen die Rull (The War against the Rull) (1959) Hey 3205, Pth 1168 und Ace 87180
  – Die Veränderlichen (The Silkie) (1969) Hey 3199, Ace 76500
- ** – Die Waffenhändler von Isher, Die Waffenschmiede von Isher (The Weapon Shops of Isher) Hey 3100, 3102, Ace 87855
- ** – Die Weltraumexpedition der Space Beagle (The Voyage of the Space Beagle) (1950) Hey 3047, MF 60–318
  – Slan (Slan) (1946) Hey 3094, Pth 1132
- * – Welt der Null-A (The World of Null-A) (1948), Kosmischer Schachzug (The Pawns of Null-A) (1956) Hey 3117, 3119, Berkley Books (New York) 1802
- * *Voelker, Leopold* (Hsg.): Nur ein Marsweib und andere Science Fiction Stories (Wyndham, Clarke, McIntosh, Bradbury, MacLean, Moore, St. Clair, Porges) Ull 248 (1949)
  Vonnegut, Kurt: Cat's Cradle (1963) Dell 440–01149–095
- *** – Schlachthof 5 (Slaughterhouse-Five). Hoffman und Campe, Ro 1524, Dell 8029, Pth 3328
- ** – Das höllische System (Player Piano) (1962) Hey 3159, Av 16 und May 6934–8
  – Schlachthof 5 (Slaughterhouse-Five), Hoffmann & Campe (1970) Dell 8029 und Pth 3328
  Wallace, Ian: Der große Croyd (Croyd) (1967) Hey 3246 und MvS, G. P. Putnams Sons, N. Y.
- ** *Weinbaum, Stanley G.:* Mars-Odyssee (A Martian Odyssey) (1935) Hey 3168, Lan 73–146
- * *Wells, Herbert George:* Die ersten Menschen auf dem Mond (The first Men in the Moon) (1901), Ro 1026, Berkley Books (New York) 1398, Dell u. a.
- * – Die Zeitmaschine (The Time Machine) (1895) Ro 22, Ban
- * – Stern der Vernichtung (The Best Stories of H. G. Wells) (1895 ff.) Hey 3024, Dov
  – The Invisible Man (1897) Fon 367
  – The Island of Doctor Moreau (1896) Pen 571
  – The War of the Worlds (1898) Pen 5706
  – When the Sleeper Wakes (1899) Ace 88090
  Werfel, Franz: Stern der Ungeborenen (1946) Berlin 1949
  Williamson, Jack: Wing 4 (The Humanoids) GoW 03 (Rauch-Verlag Düsseldorf), Lan 74–519
  Wollheim, Donald A. u. *Carr, Terry* (Hsg.): World's Best Science Fiction (jährlich) (1966 ff.) Ace

- ** *Wylie, Philip:* Das große Verschwinden (The Disappearance) (1951) Hey 3148/49
- ** *Wyndham, John:* Die Kobaltblume (The Seeds of Time) (1956) GoW 09, Pen 1385
- * – Die Triffids (The Day of the Triffids) (1951) Hey 3134, Pen 993
- * – Es geschah am Tage X (The Midwich Cuckoos), Hey 3039, Pen 1400
- * – Kolonie im Meer (The Kraken Wakes) (1953), GoW 010, Pen 1075
- ** – u. *Parkes, Lucas:* Griff nach den Sternen (The Outward Urge) (1959), Hey 3055, Pen 1544
- * – Wem gehört die Erde? (The Chrysalids) (1953) GoW 020, Pen 1308
  Zelazny, Roger (Hsg.): Eispiloten (Nebula Award Stories II) (Moorcock, Ballard u. a.) Li
  – Isle of the Dead. Ace 37 465
- *** – Straße der Verdammnis (Damnation Alley) (1969). Hey 3310

2. Sekundär–Literatur

Adorno, Th. W.: Aldous Huxley und die Utopie. In: Prismen. Kulturkritik und Gesellschaft. München 1963 (dtv 159)

Alpers, H. J.: Fünfmal: science fiction & fantastica. In: Die Bücherkommentare, Juli 1971, S. 14

– Verne und Wells – Zwei Pioniere der Science Fiction? In: Barmeyer, E. (Hsg.): Science Fiction, München 1972

Amis, K.: New Maps of Hell. New York 1960 (Ball 479 k)

Asimov, I.: Science Fiction. In: Bild der Wissenschaft. Stuttgart, Februar 1970

– The Contribution of H. G. Wells. In: H. G. Wells, The Time Machine. New York 1968 (Faw T 384)

– Social Science Fiction. In: Bretnor, R. (Hsg.): Modern Science Fiction. New York 1953

Atheling, W.: The Issue at Hand. Studies in Contemporary Magazine Science Fiction. Chicago 1964

Bacht, H.: Die Selbstzerstörung des Menschen im Spiegel des modernen Zukunftsromans. In: Weltnähe oder Weltdistanz? Frankfurt/M. 1961

Bailey, J. O.: Pilgrims through Space and Time. Trends and Patterns in Scientific and Utopian-Fiction. New York 1947

Ballard, G. J.: Notizen vom Nullpunkt. In: F. R. Scheck, Koitus 80. Köln und Berlin 1970

– The Coming of the Unconscious. London 1967

Barber, O.: H. G. Wells' Verhältnis zum Darwinismus. Diss. phil. München 1934

- *** *Barmeyer, E.:* Kommunikation. In: Barmeyer, E. (Hsg.): Science Fiction. München 1972

– (Hsg.): Science Fiction – Theorie und Geschichte. München 1972 (Uni-TB 132)

Bergier, J. u. *Merle, R.* (u.a.): Was ist Politic Fiction? In: Planet Nr. 6, München 1970

Bergonzi, B.: The Early H.G. Wells – A Study of the Scientific Romances. Manchester 1961

Bester, A.: Science Fiction and the Renaissance Man. In: Science Fiction Novel. Chicago 1959

Bleiler, E. F.: The Checklist of Fantastic Literature. A Bibliography of Fantasy, Weird and Science Fiction in the English Language. Chicago 1948

Blish, J.: Nachruf auf die Prophetie. In: Barmeyer, E. (Hsg.): Science Fiction. München 1972

Bloch, R.: Imagination and Modern Social Criticism. In: Davenport, B. (Hsg.): The Science Fiction Novel. Chicago 1959

Blüher, R.: Moderne Utopien. Ein Beitrag zur Geschichte des Sozialismus. Bonn und Leipzig 1920

Borinksi, L. u. *Krause, G.:* Die Utopie in der modernen englischen Literatur (vor allem Huxley und Orwell). Die Neuen Sprachen, Beiheft 2, Frankfurt/M. o. J.

Bott, W.: Politische Bildung durch Science-Fiction-Romanhefte? In: Forum. Zeitschrift der Volkshochschulen Bayerns 3/1971 (vor allem Auseinandersetzung mit der Perry-Rhodan-Reihe)

Brandis, J. und *Dmitrijewski, W.:* Im Reich der Phantastik. In: Barmeyer, E. (Hsg.): Science Fiction. München 1972

Bretnor, R.: Modern Science Fiction: Its Meaning and its Future. New York 1953

Bridenne, J.J.: La Littérature française d'imagination scientifique. 1950

Buchner, H.: Programmiertes Glück. Sozialkritik in der utopischen Sowjetliteratur. 1970

Butor, M.: Das Goldene Zeitalter und der Höchste Punkt in einigen Werken von Jules Verne. In: Repertoire 3, München 1965

** – Die Krise der Science Fiction. In: Repertoire 3, München 1965, Merkur, Stuttgart Mai 1962, *Rottensteiner, F.* (Hsg.): Pfade ins Unendliche, Frankfurt/M. 1971 und *Barmeyer, E.* (Hsg.): Science Fiction, München 1972

Campbell, J. W.: The Place of Science Fiction. In: Bretnor, R. (Hsg.): Modern Science Fiction. New York 1953

Coates, J. B.: Ten Modern Prophets. London 1944

Chapuis, A.: Les automates et les œuvres de l'imagination. Neuchâtel 1947

Chotjewitz, P. O.: Der Vampir. Theorie einer Mythe. In: Rottensteiner, F. (Hsg.): Pfade ins Unendliche. Frankfurt/M. 1971

Clarke, A. C.: Science Fiction – Preparation for the Age of Space. In: Bretnor, R. (Hsg.): Modern Science Fiction. New York 1953

– Profiles of the Future. New York 1963 (Bantam Edition 1964)

Davenport, B.: Inquiry into Science Fiction. 1955

- (u. a.): The Science Fiction Novel. Chicago 1959
Day, B. M.: Index to Science-Fiction Magazines 1926–1950. 1952
- The Complete Checklist of Science Fiction Magazines. New York 1961
Debus, K.: Raumschiffahrtsdichtung und Bewohnbarkeitsphantasien seit der Renaissance bis heute. In: W. Ley (Hsg.): Möglichkeiten der Weltraumfahrt. Leipzig 1928
* *Diederichs, U.:* Zeitgemäßes und Unzeitgemäßes. Die Literatur der Science Fiction. In: W. Höllerer (Hsg.): Trivialliteratur. Berlin 1964
Dietz, L.: Der Zukunftsroman als Jugendlektüre. In: Der Deutschunterricht. Stuttgart 6/1961
Doberer, K. K.: Drei Ebenen der Science Fiction. In: Geist und Tat, 17, Jahrg. (1962), S. 274 ff.
Drews, J.: Die piscomorphen Monstren (über H. Ph. Lovecraft). In: SZ v. 10./11./12. 4. 1971
Eschmann, E. W.: Die großen Gehirne. Vom Computer in Utopie und Wirklichkeit. In: Merkur XIX, Heft 209, S. 720 ff.
Eshbach, L. A. (Hsg.): Of Worlds Beyond: The Science of Science Fiction Writing. London 1947
Fabian, R.: Die Herrschaft der Roboter. In: Idole unserer Zeit. Freiburg/Br. 1967 (He 280)
Färber, H.: Die zersprungenen Bilder. Utopie und Film. In: SZ v. 23./24. 1. 1971 u. v. 30./31. 1. 1971
Fiedler, L. A.: Das Zeitalter der neuen Literatur. In: Christ und Welt v. 13. 9. und 20. 9. 1968
Fietz, L.: Menschenbild und Romanstruktur in Aldous Huxleys Ideenromanen. Phil. habil. Tübingen 1969
Flechtner, H.-J.: Die Phantastische Literatur. In: Zeitschrift für Ästhetik und allgemeine Kunstwissenschaft 24/1930
Franke, H. W.: Literatur der technischen Welt. In: Barmeyer, E. (Hsg.): Science Fiction. München 1972
Franklin, H. B.: Future Perfect – American Science Fiction of the Nineteenth Century. New York 1966
Freyer, H.: Die politische Insel. Eine Geschichte der Utopien von Platon bis zur Gegenwart Leipzig 1936
Frye, N.: Varieties of Literary Utopias. In: Manuel, F. E. (Hsg.): Utopias and Utopian Thought. Boston 1967
Gattégno, J.: La science-fiction. Paris 1971 (Presses Universitaires de France No. 1426)
Gerber, R.: Utopian Fantasy. A Study of English Utopian Fiction since the End of the Nineteenth Century. London 1955
Görlich, E. J.: Zur Geschichte des Science-Fiction-Romans. Jahresbericht des Technologischen Gewerbemuseums, Wien 1952
*** *Graaf, V.:* Homo Futurus – Eine Analyse der modernen Science-fiction. Hamburg 1971

Green, M.: Two Surveys of the Literature of Science Fiction. In: Green, M.: Science and the Shabby Curate of Poetry. New York 1965

Green, R. L.: Into other Worlds. New York 1958

* *Günther, G.:* Die Entdeckung Amerikas und die Sache der Weltraumliteratur. Düsseldorf 1952

– Kommentar zur Anthologie „Überwindung von Raum und Zeit". Düsseldorf 1952

– Das Bewußtsein der Maschinen. Eine Metaphysik der Kybernetik. Krefeld und Baden-Baden 1957

Gutsch, J.: Literarische Systeme für den Möglichkeitssinn. Einige Aspekte der Science-fiction-Literatur. In: Diskussion Deutsch 6/1971

Hahn, R. M.: Wissenschaft & Technik = Zukunft. Geschichte und Ideologie der SF-Hefte. In: Barmeyer, E. (Hsg.): Science Fiction. München 1972

*** *Hienger, J.:* Literarische Zukunftphantastik – Eine Studie über Science Fiction. Göttingen 1972

Hicks, G.: From Out of this World. Literary Horizons. In: Saturday Review Vol. XLIX, Nr. 34 (20.8.1966), S. 23f.

Hillegas, M. R.: The Future as Nightmare. H. G. Wells and the Anti-Utopians. New York 1967

Hinz, E.: Die Geburt des neuen Menschen der kosmischen Ära. In: Die Geburt ... – Tendenzen in der modernen sowjetischen Literatur. Antworten 15. Frankfurt/M. 1966

Heinlein, R. A.: Science Fiction, its Nature, Faults and Virtues. In: Davenport, B. (Hsg.): The Science Fiction Novel. Chicago 1959

** *Holtkamp, J.:* Die Eröffnung des rhodesischen Zeitalters oder Einübung in die freie Welt. Science Fiction Literatur in Deutschland. In: Kursbuch 14, Frankfurt/M. 1968

Hoyle, F.: Frontiers of Astronomy. Deutsch: Das grenzenlose All. München/Zürich 1963

Ischreyt, H.: Science Fiction – die technische Utopie? In: VDI-Nachrichten 12/1958

Jouvenel, B. de: L'Art de la Conjecture. Deutsch: Die Kunst der Vorausschau. Neuwied/Berlin 1967

** *Jungk, R.:* Wo sind die Erfinder einer menschenwürdigen Zukunft? Plädoyer für eine neue Zukunftsliteratur: Science Creation. In: Pardon 2/1969

Kandel, M.: Stanislaw Lem über Menschen und Roboter. In: Barmeyer, E. (Hsg.): Science Fiction. München 1972

Klein, B.: Aldous Huxleys „Schöne neue Welt". In: Der Deutschunterricht. Stuttgart 6/1965

Knight, D.: In Search of Wonder – Essays on Modern Science Fiction. Chicago 1967 (1956)

Köhler, W.: Wartet im All ein neuer Führer? In: Pardon 2/1969

Kornbluth, C. M.: The Failure of the Science Fiction Novel as Social Criticism. In: Davenport, B. (Hsg.): The Science Fiction Novel. Chicago 1959

Koestler, A.: The Boredom of Fantasy. In: The Trail of the Dinosaur and Other Essays. Broadcast on the BBC May 1953. New York 1955

Kostolefsky, J.: Science, yes – Fiction, maybe. In: The Antioch Review Vol. XIII. No. 2 (Juni 1953), S. 236 ff.

Krauss, W.: Geist und Widergeist der Utopien. In: Barmeyer, E. (Hsg.): Science Fiction. München 1972

Kreuzer, H.: Trivialliteratur als Forschungsproblem. In: Deutsche Vierteljahresschrift für Literaturwissenschaft und Geistesgeschichte 2/1967

Krysmanski, H.-J.: Die Eigenart des utopischen Romans. In: Barmeyer, E. (Hsg.): Science Fiction. München 1972

* – Die utopische Methode. Band 21 der Dortmunder Schriften zur Sozialforschung. Köln und Opladen 1963

Kunkel, K.: Märchen für übermorgen. In: Planet Nr. 1, München 1969

Lampa, A.: Das naturwissenschaftliche Märchen. Reichenberg 1919

Leiner, F.: Perry Rhodan. Eine Untersuchung über Wesen, Wirkung und Wert der Science-fiction-Literatur. In: Blätter für den Deutschlehrer. Frankfurt/M. 3/1968

*** – Religiöse Aspekte der modernen Science-fiction. In: Christophorus 6/1972

– Utopische Kurzgeschichten als Jugendlektüre. In: Vergleichen und verändern. Festschrift für Helmut Motekat, hsg. von A. Goetze und G. Pflaum, München 1970

– Jules Verne als Klassenlektüre für die Unterstufe. In: Blätter für den Deutschlehrer. Frankfurt/M. 1/1970

– u. *Gutsch, J.:* Kleine Bibliographie der Science-fiction-Literatur Teil 1 und 2. In: Blätter für den Deutschlehrer 4/1968 und 1/1971

*** *Lem, S.:* Erotik und Sexualität in der Science Fiction. In: Rottensteiner, F. (Hsg.): Pfade ins Unendliche. Frankfurt/M. 1971

– Roboter in der Science Fiction. In: Barmeyer, E. (Hsg.): Science Fiction. München 1972

Lewis, C.S.: Of other Worlds – Essays and Stories (darunter ein Gespräch mit K. Amis und B. W. Aldiss). London 1966

Loggem, M. van: Die amerikanische Zukunftsgeschichte oder die Science Fiction. In: Akzente, München 5/1957

Ludwig, A.: Homunculi und Androiden. In: Archiv für das Studium der neueren Sprachen und Literaturen. Bd. 137–139, 1918/19

Marcuse, H.: Phantasie und Utopie. In: Neusüß, A. (Hsg.): Utopie. Begriff und Phänomen des Utopischen. Neuwied/Berlin 1968

Merril, J.: Summation. Nachwort in: The Year's Best S-F, New York 1966 (Dell 2241). (Vgl. auch Merrils fachmännische Kommentare in ihren zahlreichen anderen Anthologien!)

Metken, G.: Comics. Hamburg 1970 (Fi 1120)

Michaelson, L. W.: Social Criticism in Science Fiction. In: The Antioch Review Vol. 14, No. 4 (Dez. 1954), S. 502 ff.

Moorcock, M.: Eine neue Literatur. In: F. R. Scheck, Koitus 80. Köln und Berlin 1970
Moore, P.: Science and Fiction. London 1957
Moskowitz, S.: Das Wunder Weinbaum. In: S. G. Weinbaum, Mars-Odyssee, München 1970 (Hey 3168)
– Explorers of the Infinite – Shapers of Science Fiction Cleveland 1963
– Seekers of Tomorrow. Masters of Modern Science Fiction. New York 1967 (Ball U 7083)
Müller, W.-D.: Die Geschichte der Utopia-Romane der Weltliteratur. Diss. phil. Münster 1938
Mumford, L.: The Story of Utopias. Gloucester 1959 (reprint)
– Utopia. The City and the Machine. In: Manuel, F.E. (Hsg.): Utopias and Utopian Thought. Boston 1967
Naujack, P.: Science Fiction – eine neue Literaturgattung? In: Die besten Science Fiction Geschichten, hsg. von P. Naujack, Zürich 1962
* *Neusüß, A.* (Hsg.): Utopie. Begriff und Phänomen des Utopischen (mit umfangreicher Bibliographie). Neuwied und Berlin 1968
Nicholson, N.: H. G. Wells. Denver 1950
Nicolson, M. H.: Voyages to the Moon. New York 1948
Pauwels, L. und *Bergier, J.:* Aufbruch ins dritte Jahrtausend. Bern/München 1966 (5. Aufl.)
** *Pehlke, M.* u. *Lingfeld, N.:* Roboter und Gartenlaube. Ideologie und Unterhaltung in der Science-Fiction-Literatur. München 1970 (Reihe Hanser Band 56)
Plank, R.: Der ungeheure Augenblick. Aliens in der Science Fiction. In: Barmeyer, E. (Hsg.): Science Fiction. München 1972
*** – Golems und Roboter. In: Rottensteiner, F. (Hsg.): Pfade ins Unendliche. Frankfurt/M. 1971
– Lighter than Air, but Heavy as Hate. An Essay on Space Travel. In: The Partisan Review Vol. XXIV, No. 1 (1957), S. 106 ff.
Queneau, R.: Un nouveau genre littéraire: les SFs. In: Critique, März 1951
Reitberger, R. C. u. *Fuchs, W. J.:* Comics. Anatomie eines Massenmediums. Heinz-Moos-Verlag, Gräfelfing 1971
Riley, R. B.: Dreams of Tomorrow. In: The Architectural Forum Vol. 126, No. 3 (April 67), S. 66 ff.
Röhl, W.: Bruder des dritten Jahrtausends; Söhne des dritten Jahrtausends. In: Konkret 11/12, Mai/Juni 1969
Rottensteiner, F.: Erneuerung und Beharrung in der Science Fiction. In: Barmeyer, E. (Hsg.): Science Fiction. München 1972
– Literatur über Science Fiction. Eine Auswahlbibliographie (die bis jetzt umfangreichste Bibliographie zur SF in deutscher Sprache). In: ebd.
*** – (Hsg.): Pfade ins Unendliche. Insel-Almanach auf das Jahr 1972. (Mit einer längeren Einleitung des Herausgebers). Frankfurt/M. 1971
Ruyer, R.: L'utopie et les utopies. Paris 1950

- Die utopische Methode. In: Neusüß, A. (Hsg.): Utopie. Begriff und Phänomen des Utopischen. Neuwied/Berlin 1968
** *Scheck, F. R.:* Nachwort zu „Koitus 80". Köln und Berlin 1970
- Augenschein und Zukunft. Die antiutopische Reaktion (Samjatin, Huxley, Orwell). In: Barmeyer, E. (Hsg.): Science Fiction. München 1972
Scheidt, J. vom: Descensus ad inferos. Tiefenpsychologische Aspekte der Science Fiction. In: Barmeyer, E. (Hsg.): Science Fiction. München 1972
** - Die psychedelische Literatur. Nachwort zu „Das Monster im Park". München 1970
** - Science Fiction – eine Literaturgattung wird seriös. In: Der junge Buchhandel 8/1970
Schirmbeck, H.: Eros und Weltraum. In: Planet Nr. 6. München 1970
Schulte-Herbrüggen, H.: Utopie und Anti-Utopie. Bochum-Langendreer 1960 (Beiträge zur Englischen Philologie 43)
Schwanecke, F.: Propheten utopischer Religionen. In: Informationen der Evangelischen Zentralstelle für Weltanschauungsfragen, VII, Stuttgart 1969
* *Schwonke, M.:* Vom Staatsroman zur Science Fiction. Eine Untersuchung über Geschichte und Funktion der naturwissenschaftlich-technischen Utopie. Göttinger Abhandlungen zur Soziologie. Bd. 2. Göttingen 1957
- Naturwissenschaft und Technik im utopischen Denken der Neuzeit. In: FUTURUM 3/1971, S. 282 ff.
Science Fiction. Artikel der ‚Encyclopaedia Britannica', Band 20, S. 124 f.
Science Fiction. Ausstellungskatalog, hsg. vom Kunstverein für die Rheinlande und Westfalen. Düsseldorf 1968
Shaftel, O.: The Social Content of Science Fiction. In: Science and Society. 1953
Sihler, H. D.: Science-fiction ohne Zukunft. In: FAZ v. 6. 8. 71
Smith, C. C.: Olaf Stapledons Zukunftshistorien und Tragödien. In: Barmeyer, E. (Hsg.): Science Fiction. München 1972
Sontag, S.: Die Katastrophenphantasie (über den SF-Film). In: S. Sontag: Kunst und Antikunst. 24 literarische Analysen. Hamburg 1968
Sprague de Camp, L.: Science Fiction Handbook. New York 1953
Spriel, S.: Sur la ‚Science Fiction'. In: Esprit Mai 1953
Stine, H. G.: How to think a Science Fiction Story. In: The Best of Sci-Fi, hsg. von J. Merril, London 1961 (May 0543-B)
Ssachno, H. von: Nachwort zu: Science Fiction 1, Wissenschaftlich-phantastische Erzählungen aus Rußland, München 1963
Suchy, V.: Zukunftsvisionen des 20. Jahrhunderts. In: Wissenschaft und Weltbild 5/1952
Suvin, D.: Ein Abriß der sowjetischen Science Fiction. In: Barmeyer, E. (Hsg.): Science Fiction. München 1972
- Zur Poetik des literarischen Genres Science Fiction. In: ebd.
- Vorwort zu „Andere Welten, andere Meere. Science Fiction aus sozialistischen Ländern" München 1970

*** *Swoboba, H.:* Der Traum vom besten Staat. Texte aus Utopien von Platon bis Morris. München 1972 (dtv-TB 4117)
– Der künstliche Mensch. München 1967
– Vorwort und Zwischentexte zu: Dichter reisen zum Ond. Utopische Reiseberichte aus zwei Jahrtausenden. Hamburg 1970 (Fi 1040)
– Vorwort und Zwischentexte zu: Willkommen auf dem Mars. Berichte vom Leben auf anderen Planeten. Bayreuth 1970

Szpakowska, M.: Die Flucht Stanislaw Lems. In: Barmeyer, E. (Hsg.): Science Fiction. München 1972

Tenn, W.: On the Fiction in Science Fiction. In: Of all Possible Worlds. New York 1955

Vormweg, H.: Gedankenspiel mit unbegrenzter Möglichkeit. In: SZ v. 14./15.3.1970

Wiener, N.: Gott und Golem Inc. Düsseldorf/Wien 1965

Wiener, O.: Der Geist der Superhelden. Zur Soziologie amerikanischer Comics-Heroen. In: SZ v. 28.2./1.3.1971

Williamson, J.: The Logic of Fantasy. In: Eshbach, L.A. (Hsg.): Of Worlds Beyond. London 1947

Wilson, C.: The Strength to Dream. Literature and the Imagination. Boston/Cambridge 1962

Texte und Materialien zum Literaturunterricht

Herausgegeben von H. Ivo, V. Merkelbach und H. Thiel (MD-Nr.)

Texte zur Literatursoziologie
Für den Schulgebrauch gesammelt und herausgegeben
von H.-D. Göbel, VI, 82 Seiten (6201)

Schiller in Deutschland 1781–1970
Materialien zur Schiller-Rezeption.
Für die Schule herausgegeben von E. D. Becker, X, 150 Seiten (6202)

Weitermachen? Abschaffen? Verändern?
Zum Gebrauchswert von Literatur. Eine Textsammlung für die
Schule hrsg. von H. Ivo, H. Thiel und H. Weiß. VI, 121 Seiten (6203)

Science-fiction
Eine Textsammlung für die Schule herausgegeben
von F. Leiner und J. Gutsch. IV, 158 Seiten (6204)

Science-fiction. Materialien und Hinweise
Für die Schule zusammengestellt von F. Leiner und J. Gutsch.
IV, 88 Seiten (6205)

Vietnam. Wissenschaftliche Analysen, Politische Reden,
Interviews, Stellungnahmen, Gedichte.
Für die Schule herausgegeben von V. Merkelbach. IX, 105 Seiten (6206)

Kontroverse Interpretationen Brechtscher Lyrik
Texte zur Ideologiekritik im Deutschunterricht. Für die Schule
zusammengestellt von V. Merkelbach. VII, 99 Seiten (6207)

Methoden der Literaturanalyse im 20. Jahrhundert
Ein Arbeitsbuch, für die Schule zusammengestellt von J. W. Goette
VI, 158 Seiten (6209)

Politische Lyrik des Vormärz (1840-1848) - Interpretationsmuster
Texte zur Geschichte der Demokratie in Deutschland.
Für die Schule zusammengestellt von V. Merkelbach
V, 125 Seiten (6213)
Begleitheft mit Skizze einer Unterrichtseinheit und Kommentar
von V. Merkelbach. 55 Seiten (6214)

Diesterweg

Kommunikation / Sprache
Materialien für den Kurs- und Projektunterricht
Herausgegeben von Hans Thiel

Bisher erschienene Bände:

Einführung in die Linguistik
Ein Abriß für Lehrende und Lernende.
Von A. Zarnikow. 85 Seiten   (MD-Nr. 6241)

Kommunikation und Information
Texte zur Kommunikations- und Informationstheorie.
Unter besonderer Berücksichtigung des sprachlichen Aspekts
herausgegeben von T. Högy und H. Weiß.
91 Seiten   (MD-Nr. 6242)

Sprache und Schicht
Materialien zum „Sprachbarrieren"-Problem.
Herausgegeben von B. Uhle. 71 Seiten   (MD-Nr. 6243)

In Vorbereitung:

Wirkung von Medien
Texte, herausgegeben von T. Högy und H. Weiß

Sprachtheorie
Herausgegeben von F. Hebel

Sprachnorm und Gesellschaft
Herausgegeben von F. Winterling

Sprechen – Denken – Wirklichkeit
Herausgegeben von T. Högy und H. Weiß

Sprachphilosophie
Herausgegeben von F. Hebel und H. Thiel

Rhetorik. Politische Reden des 19. und 20. Jahrhunderts
Herausgegeben von H. Grünert

Sprache und Sprechsituation
Herausgegeben von T. Högy

Diesterweg